唐诗

刻在骨子里的豪迈与浪漫

战琳 著

北方文艺出版社
·哈尔滨·

图书在版编目（CIP）数据

唐诗：刻在骨子里的豪迈与浪漫 / 战琳著.

哈尔滨：北方文艺出版社, 2025. 1. -- ISBN 978-7-5317-6453-3

Ⅰ.Ⅰ207.227.42

中国国家版本馆CIP数据核字第2024YT1874号

唐诗：刻在骨子里的豪迈与浪漫
TANGSHI KEZAI GUZILI DE HAOMAI YU LANGMAN

作　　者/战　琳	
责任编辑/宋雪微	装帧设计/尚书堂

出版发行/北方文艺出版社	邮　编/ 150008
发行电话/（0451）86825533	经　销/新华书店
地　　址/哈尔滨市南岗区宣庆小区1号楼	网　址/ www.bfwy.com

印　　刷/北京亚吉飞数码科技有限公司	开　本/ 880mm × 1230mm 1/32
字　　数/ 209千	印　张/ 10.75
版　　次/ 2025年1月第1版	印　次/ 2025年1月第1次印刷

书　　号/ ISBN 978-7-5317-6453-3	定　价/ 68.00元

前 言

诗歌在唐朝发展至顶峰。几乎每一个中国人都读过唐诗,感受过唐诗的瑰丽灿烂、豪放洒脱、慷慨悲壮及缱绻柔情。唐诗融入我们的血液里,成为中国人骨子里的浪漫印记。

唐诗数量庞大,形式多变,据清康熙年间编就的《全唐诗》记载,传世唐诗有近五万首,其中分为五言古体诗、七言古体诗、五言绝句、七言绝句、五言律诗、七言律诗。

唐诗题材丰富,异彩纷呈,有表达思乡之情的,"举头望明月,低头思故乡""独在异乡为异客,每逢佳节倍思亲""日暮乡关何处是?烟波江上使人愁";有抒发爱国情怀的,"但使龙城飞将在,不教胡马度阴山""黄沙百战穿金甲,不破楼兰终不还""愿得此身长报国,何须生入玉门关";有畅诉个人抱负的,"男儿何不带吴钩,收取关山五十州""长风破浪会有时,直挂云帆济沧海""会当凌绝顶,一览众山小";有反映社会现实的,"可怜身上衣正单,心忧炭贱愿天寒""农时作私债,农毕归官仓""牵衣顿足拦道哭,哭声直上干云霄"。

在唐诗中,爱情可以轻柔含蓄,"相思一夜梅花发,忽到窗前疑是君"；亦可以缱绻、怅惘，"此情可待成追忆，只是当时已惘然"。在唐诗中，送别可以是充满遗憾的，"劝君更尽一杯酒，西出阳关无故人"；亦可以是昂扬向上的，"莫愁前路无知己，天下谁人不识君"。在唐诗中，旅途可以是孤独、落寞的，"旅馆无良伴，凝情自悄然"；亦可以是轻松畅快的，"两岸猿声啼不住，轻舟已过万重山"。

可以说，唐诗写尽了人生百态、家国兴衰。而唐诗的辉煌、灿烂离不开文思敏捷、才华横溢的诗人。豪放浪漫的李白，忧国忧民的杜甫，恬淡闲适的王维，关心民生的白居易……灿若繁星的诗坛名家共同将大唐变为"诗的国度"。

优秀的唐诗构思精妙，思想深刻，意境高远，令后人望尘莫及、拍案叫绝。本书以时间为线索，精选初唐、盛唐、中唐、晚唐数十位诗人的百余首经典诗作，以丰富精准的注释、专业深入的赏析将唐诗之美全面展现在读者面前。另外，本书中收录的诗人都配以"小传"，介绍其生平经历和诗作风格，且随文配上高清古画，帮助读者进一步领略唐诗的文化魅力，从唐诗中获得精神共鸣。

翻开本书，步入气象万千的唐诗世界，尽情享受诗意人生。

作者

2024 年 6 月

目 录

虞世南
蝉　　　　　　　　　　　002

王　绩
野望　　　　　　　　　　005

卢照邻
长安古意　　　　　　　　008

骆宾王
咏鹅　　　　　　　　　　016
在狱咏蝉　　　　　　　　018

王　勃
送杜少府之任蜀州　　　　021
滕王阁　　　　　　　　　023

杨　炯
从军行　　　　　　　　　026

陈子昂
登幽州台歌　　　　　　　029

贺知章
咏柳　　　　　　　　　　032
回乡偶书二首·其一　　　034

张若虚
春江花月夜　　　　　　　037

张九龄
望月怀远　　　　　　　　043

王之涣

春晓   046
凉州词二首·其一   048

孟浩然

春晓   051
望洞庭湖赠张丞相   053
过故人庄   055
宿建德江   057

李 颀

古从军行   061

王昌龄

出塞二首·其一   065
从军行七首·其四   067
闺怨   069
芙蓉楼送辛渐   071

王 维

相思   074
九月九日忆山东兄弟   076
送元二使安西   079
使至塞上   081

鸟鸣涧   083
山居秋暝   085
竹里馆   087
鹿柴   090
山中送别   092
终南别业   094

李 白

静夜思   099
送友人   102
古朗月行   104
望庐山瀑布   107
望天门山   109
早发白帝城   111
渡荆门送别   113
独坐敬亭山   115
黄鹤楼送孟浩然之广陵   116
闻王昌龄左迁龙标遥有
   此寄   118
将进酒   120
行路难·金樽清酒斗十千   123
上李邕   125
宣州谢朓楼饯别校书叔云   128
月下独酌四首·其一   130
梦游天姥吟留别   132
子夜吴歌·秋歌   136
登金陵凤凰台   138
金陵酒肆留别   140

王 湾
次北固山下　　　　　　　144

崔 颢
黄鹤楼　　　　　　　　　147

张 旭
桃花溪　　　　　　　　　151

高 适
别董大二首·其一　　　　154
送李少府贬峡中王少府
　　贬长沙　　　　　　　155
燕歌行（并序）　　　　　157

刘长卿
逢雪宿芙蓉山主人　　　　162
秋日登吴公台上寺远眺　　164
送灵澈上人　　　　　　　166

杜 甫
望岳　　　　　　　　　　169
佳人　　　　　　　　　　171
古柏行　　　　　　　　　173

兵车行　　　　　　　　　176
观公孙大娘弟子舞剑
　　器行（并序）　　　　179
春望　　　　　　　　　　183
月夜忆舍弟　　　　　　　185
天末怀李白　　　　　　　187
旅夜书怀　　　　　　　　189
蜀相　　　　　　　　　　191
客至　　　　　　　　　　195
野望　　　　　　　　　　197
闻官军收河南河北　　　　199
登高　　　　　　　　　　201

岑 参
白雪歌送武判官归京　　　204
逢入京使　　　　　　　　206

刘方平
月夜　　　　　　　　　　209
春怨　　　　　　　　　　210

张 继
枫桥夜泊　　　　　　　　213

韩 翃
寒食　　　　　　　　　　216

3

皎 然
寻陆鸿渐不遇　　　　　221

戴叔伦
兰溪棹歌　　　　　　　224

韦应物
滁州西涧　　　　　　　227
简卢陟　　　　　　　　229

卢 纶
晚次鄂州　　　　　　　232

李 益
夜上受降城闻笛　　　　235

孟 郊
游子吟　　　　　　　　238
登科后　　　　　　　　240

常 建
题破山寺后禅院　　　　243

薛 涛
送友人　　　　　　　　246

韩 愈
早春呈水部张十八员外
　二首·其一　　　　　249
左迁至蓝关示侄孙湘　　251
晚春　　　　　　　　　253

刘禹锡
酬乐天扬州初逢席上见赠　256
乌衣巷　　　　　　　　258
秋词二首·其一　　　　261
竹枝词二首·其一　　　263

李 端
听筝　　　　　　　　　266

白居易
赋得古原草送别　　　　269
长恨歌　　　　　　　　271
琵琶行（并序）　　　　280
卖炭翁　　　　　　　　286
钱塘湖春行　　　　　　288
暮江吟　　　　　　　　290

柳宗元
江雪　　　　　　　　　　294

元　稹
离思五首·其四　　　　297

贾　岛
寻隐者不遇　　　　　　300

李　贺
李凭箜篌引　　　　　　303

杜　牧
赤壁　　　　　　　　　306
泊秦淮　　　　　　　　307
山行　　　　　　　　　309
清明　　　　　　　　　311

温庭筠
商山早行　　　　　　　314

李商隐
夜雨寄北　　　　　　　317
锦瑟　　　　　　　　　319
登乐游原　　　　　　　321
无题·相见时难别亦难　323

韦　庄
金陵图　　　　　　　　326

秦韬玉
贫女　　　　　　　　　329

参考文献　　　　　　　333

虞世南

虞世南（558—638年），字伯施，别名虞文懿、虞秘监等，可能是慈溪鸣鹤（今浙江宁波慈溪）人，也有说其是越州余姚（今浙江宁波余姚）人。虞世南是南北朝至隋唐时期著名的政治家、书法家、文学家。后世人将虞世南、欧阳询、褚遂良、薛稷合称"初唐四大家"。

蝉

虞世南

垂绥①饮清露,流响②出疏桐。

居高声自远,非是藉③秋风。

注释

① 绥:古人帽带打结后下垂的部分,蝉的头部伸出的触须形似帽带下垂的部分,故称为"绥"。这里以垂绥代指蝉。
② 流响:传出声响,指蝉鸣叫不止。
③ 藉:凭借,依靠。

赏析

　　这是一首借物咏志诗，是虞世南的重要代表作。

　　首二句描绘了蝉在梧桐树上栖息生活的场景，高高的梧桐树上，蝉吸吮露水、放声高歌，鸣叫声穿过梧桐树林，传出很远。这里描写蝉栖梧桐、吟清露、引吭高歌，赞扬了蝉的高贵品格，同时暗喻为官者身份高贵、声名远扬。

　　次二句从字面上看是对前两句的解释说明，诗人认为，蝉栖息在高高的梧桐树上，鸣叫声传到很远的地方，并不是借助了秋风的力量，而是蝉自身擅长鸣叫。这两句使用了比兴手法，以蝉的鸣叫声暗喻个人的名声，用"秋风"暗喻外部势力，诗人强调自己是品格高尚的人，不需要借助外部势力的帮助就能美名远扬。

王绩

王绩（585—644年），字无功，号东皋子，山西祁县绛州龙门（今山西河津）人，隋唐大臣、诗人。其喜饮酒、乐弹琴，好老、庄及魏晋玄学，擅长诗歌创作，向往田园生活。诗歌创作标举"以会意为功"，多玄学思辨，被认为是五言律诗的奠基人，为唐诗的形成与发展奠定了基础。

野望

王绩

东皋①薄暮望,徙倚②欲何依。

树树皆秋色,山山唯落晖。

牧人驱犊返,猎马带禽归。

相顾无相识,长歌怀采薇③。

注释

① 东皋:地名,指隐居的地方。
② 徙倚:在一个地方来回地走。
③ 采薇:采摘薇草。《史记》中曾记载,周武王灭殷商后,伯夷、叔齐不食周粟,隐于首阳山,采薇而食。这里以"采薇"指代隐居生活。

赏析

这是一首思慕田园隐居生活的诗,是王绩的代表作之一。

首二句点明了时间、地点、人物以及情感基调。傍晚时分,诗人在东皋(王绩号东皋子也源于此)举目远望,走来走去,犹豫不定,不知道何去何从。

次四句写周围景色,秋天的树林层林尽染,重叠交错的山峦披上了落日的余晖,牧人们正赶着牛群往家走,猎人们骑着马、拎着收获的飞禽也走在归家的路上。这些画面在诗人的眼中是一幅美丽而温馨的秋景图,日出而作、日落而息,这样的田园牧歌生活正是诗人所向往的。

末二句诗人有感而发,表达自己想归隐的意愿。诗人与牧人、猎人们迎面对视,彼此不认识,但诗人如此羡慕他们,只好用歌唱的方式来表达自己想归隐的心。诗人想归隐却身不由己,只能通过歌唱怀念伯夷、叔齐等隐士,虽豪迈但也有一丝悲凉。

卢照邻

卢照邻,生卒年不详,字升之,自号幽忧子,幽州范阳(今河北涿州)人。卢照邻自幼喜读诗书,擅写文章,是唐代著名的文学家、诗人,与王勃、杨炯、骆宾王合称"初唐四杰"。

长安古意

卢照邻

长安大道连狭斜,青牛白马七香车。

玉辇①纵横过主第,金鞭络绎向侯家。

龙衔宝盖②承朝日,凤吐流苏③带晚霞。

百尺游丝争绕树,一群娇鸟共啼花。

游蜂戏蝶千门侧,碧树银台万种色。

复道④交窗作合欢,双阙连甍⑤垂凤翼。

梁家⑥画阁中天起,汉帝金茎⑦云外直。

楼前相望不相知,陌上相逢讵相识?

借问吹箫向紫烟,曾经学舞度芳年。

得成比目何辞死,愿作鸳鸯不羡仙。

比目鸳鸯真可羡,双去双来君不见?

生憎帐额绣孤鸾,好取门帘帖双燕。

双燕双飞绕画梁,罗帷翠被郁金香。

片片行云着蝉鬓,纤纤初月上鸦黄。

鸦黄粉白车中出,含娇含态情非一。

妖童⑧宝马铁连钱,娼妇⑨盘龙金屈膝。

御史府中乌夜啼,廷尉门前雀欲栖。

隐隐朱城⑩临玉道,遥遥翠幰⑪没金堤。

挟弹飞鹰杜陵北,探丸借客⑫渭桥西。

俱邀侠客芙蓉剑,共宿娼家桃李蹊。

娼家日暮紫罗裙,清歌一啭口氛氲。

北堂夜夜人如月,南陌朝朝骑似云。

南陌北堂连北里,五剧三条⑬控三市。

弱柳青槐拂地垂,佳气红尘暗天起。

汉代金吾⑭千骑来,翡翠屠苏鹦鹉杯。

罗襦宝带为君解,燕歌赵舞为君开。

别有豪华称将相,转日回天⑮不相让。

意气由来排灌夫⑯,专权判不容萧相⑰。

专权意气本豪雄，青虬紫燕[18]坐春风。

自言歌舞长千载，自谓骄奢凌五公[19]。

节物风光不相待，桑田碧海须臾改。

昔时金阶白玉堂，即今惟见青松在。

寂寂寥寥扬子[20]居，年年岁岁一床书。

独有南山桂花发，飞来飞去袭人裾。

注释

① 玉辇：皇帝乘坐的轿或车，这里指贵族乘坐的车。

② 龙衔宝盖：装饰有龙纹的华丽的车盖。

③ 凤吐流苏：悬挂有流苏的凤形车饰，形容车饰华丽。

④ 复道：宫苑园林建筑中的木构空中通道。

⑤ 甍：屋脊。

⑥ 梁家：东汉汉顺帝梁皇后的哥哥梁冀的家。梁冀家装饰得十分奢华。

⑦ 金茎：汉武帝建章宫中金色的铜柱。

⑧ 妖童：富家纨绔子弟。

⑨ 娼妇：王公贵族家的歌女与舞女。

⑩ 朱城：宫城。

⑪ 翠幰：女子乘坐的车上镶嵌有华丽的翡翠的帷幕。

⑫ 探丸借客：帮助他人报仇杀人的行为。

⑬ 五剧三条：概指长安城中四通八达的街道。

⑭ 金吾：汉代禁卫军官衔，代指禁军军官。

⑮ 转日回天：指在皇帝面前搬弄是非或施压，左右皇帝的决策。

⑯ 灌夫：西汉将军，英勇善战，不畏权贵，不喜欢奉承他人，曾因醉酒辱骂朝廷重臣而得罪西汉外戚田蚡，最终被诛。

⑰ 萧相：西汉大臣萧望之，名相萧何的六世孙，受宦官诬告，含冤入狱，饮鸩自杀。

⑱ 青虬紫燕：指好马。

⑲ 五公：汉代权贵，以张汤、杜周、萧望之、冯奉世、史丹为代表。

⑳ 扬子：西汉文学家扬雄，曾因仕途不顺，闭门著书。

赏析

这是一首华丽而不艳俗的七言古诗，诗中描写了曾经在长安生活过的王侯将相、贵族子弟、侠客倡优等人的生活。

在诗中，诗人用较长的篇幅铺陈渲染了权贵们骄奢淫逸的生

012

［唐］ 张萱 《虢国夫人游春图》（临摹本）

活，权贵们住在营造巧妙、装饰华丽的宫殿中，每日坐着华丽的马车出行，游走在繁华的长安城的大街小巷中，哪里有酒宴、歌舞，哪里就会出现他们的身影。

刀光剑影中的侠客、畅想天赐良缘的歌舞伎，都依附权贵们讨生活，两相对比，彼此的生活与命运有着鲜明的反差。

灌夫勇猛耿直，遭受排挤、被诛；萧望之辅上治下，含冤入狱、饮鸩自杀；扬雄才情斐然，却不得重用，只能闭门著书……多少人怀才不遇、有志难伸，而权贵却能肆无忌惮地挥霍时间与金钱、左右帝王的意见。

权贵们奢靡、悠闲的生活让人羡慕，耿直的忠臣良将却大多不得志、受到排挤，没有好的结局。怀才不遇、官场沉浮，真是令诗人觉得讽刺又无奈。

骆宾王

骆宾王（约640—约684年），字观光，婺州义乌（今浙江义乌）人，唐代文学家、诗人。骆宾王自幼聪慧，七岁可作诗。其诗、文俱佳，武则天曾赞其有宰相之才。"初唐四杰"中，骆宾王的诗作最多。

咏鹅

骆宾王

鹅,鹅,鹅,曲项向天歌[1]。

白毛浮绿水,红掌拨[2]清波。

注释

[1] 歌:鸣叫。
[2] 拨:划动,指鹅的划水动作。

赏析

相传《咏鹅》这首诗是骆宾王七岁时所作,是一首通俗易懂、朗朗上口的五言古诗。

首句三个"鹅"字连续出现,仿佛突然看到鹅后发出惊喜的呼唤,表现出诗人对鹅的喜欢和看到鹅的欢喜。

次三句描写了鹅在水中的生动形态,鹅弯曲的脖子又细又长,它们对着天空发出响亮清脆的鸣叫声,白色的羽毛漂浮在碧绿的水面上,红色的脚掌欢快地拨动着清澈的水波。

这首诗用十几个字描绘出一幅生动的白鹅戏水的画面,鹅的灵动、颜色的对比、诗人的欢喜,都跃然纸上。

在狱咏蝉

骆宾王

西陆①蝉声唱,南冠②客思深。

那堪玄鬓③影,来对《白头吟》④。

露重飞难进,风多响易沉。

无人信高洁,谁为表予心。

注释

① 西陆:《隋书》中有"行西陆谓之秋"的说法,这里指秋天。
② 南冠:代指囚犯。
③ 玄鬓:指蝉的黑色翅膀,这里比喻自己正当盛年。
④ 《白头吟》:乐府曲名。原作者也如诗人一样遭受诬谤。白头在这里指作者自己。

赏析

　　这是一首托物言志诗，诗人以蝉自比，表达自己抱冤入狱、郁郁不得志的心情。

　　武则天时期，骆宾王遭人嫉妒，含冤入狱。在狱中，窗外的蝉鸣引起骆宾王的注意，窗外老槐稀疏、秋蝉悲鸣，引得骆宾王怀古、思乡、不得志、渴望出狱的思绪涌上心头，忧思难以排解，于是便写下了这首诗。

　　本诗开端比兴，用蝉鸣引起思乡情绪，引领全篇。秋天已经到了，蝉的生命也即将走向尽头，它在树上哀怨地鸣叫着，这哀怨的鸣叫引发了诗人的情感共鸣。

　　诗人被捕入狱，不能与家人团聚，心中十分悲伤，想到自己满头白发，感慨时光易逝，能否平安出狱是无法预料的事，面对此情此景，更觉得悲凉。秋露渐多，蝉的双翼沾上秋天浓重的露珠后就难以高飞了；秋风萧瑟，吹散和淹没了蝉的鸣叫声。但人们依然记得蝉是居高、饮露的高洁之物，而身在狱中的诗人的清白，又有谁能知道和帮忙表述呢？这样无声的质问，实在令人感到绝望和心碎。

王勃

　　王勃（约650—约676年），字子安，绛州龙门通化（今山西运城河津）人，出身书香门第，少年成名，十六岁便被授朝散郎，是当时朝廷中最年少的命官。王勃的诗文明朗壮阔，虽年龄小，但仍在人才辈出的唐朝文坛占有一席之地，与杨炯、卢照邻、骆宾王合称"初唐四杰"，并被推崇为"初唐四杰"之首。

送杜少府①之任蜀州

王勃

城阙②辅三秦③,风烟望五津④。

与君离别意,同是宦游人⑤。

海内存知己,天涯若比邻。

无为⑥在歧路⑦,儿女共沾巾。

注释

① 杜少府:少府是唐代对县尉的通称,杜少府是一位姓杜的县尉,是王勃的知己。
② 城阙:官城和官门前的望楼,这里指长安。
③ 三秦:秦国故地。曾被分为三个部分,诗中是指秦岭以北、函谷关以西的区域。

④ 五津：四川岷江的五个渡口，这里指代四川。
⑤ 宦游人：在家乡以外的地方做官的人。
⑥ 无为：没有必要。
⑦ 歧路：分别的地方。

赏析

  人生自古伤离别，亲朋一别不知何时才能再见，很难不让人伤感。而这首诗明显与其他离别诗不同，诗中并没有写离别之苦，反而多了许多豪爽、豁达之情。

  首四句交代送别背景，开篇的视角非常广阔，长安雄踞在三秦之地，穿过缥缈的风沙和烟雾，似乎能远远地望见遥远的蜀州，那里正是好友要去的地方。即将与好友分别了，彼此都在外为官，如今离别，也只是换个地方为官，这样想来便与以往没有什么不同。

  末四句是诗人对朋友的宽慰，天下之大，哪怕相隔万里，只要彼此心意相通，也如同邻居一样，距离是分割不了彼此的情谊的。因此，大可不必在分别时像小儿女一样哭哭啼啼。如此豁达的心胸是多少人难以企及的，让人不得不佩服诗人的哲思。

滕王阁①

王勃

滕王高阁临江渚②,佩玉鸣鸾罢歌舞。

画栋朝飞南浦③云,珠帘暮卷西山④雨。

闲云潭影日悠悠,物换星移几度秋。

阁中帝子⑤今何在?槛外长江空自流。

注释

① 滕王阁:位于今江西省南昌市赣江东岸,是唐太宗李世民的弟弟滕王李元婴任职洪州都督时所建。现存滕王阁为后世重建。

② 江渚:指赣江及江中的小洲。

③ 南浦:地名,南昌市西南江河入海之处。

④ 西山:山名,南昌市的一座山。

⑤ 帝子:滕王李元婴。

赏析

　　本诗是王勃的著名骈文《滕王阁序》中的一首七言古诗，本诗是对《滕王阁序》中写到的江阁美景、奢华宴会的总结，同时，也是对命运多舛、世事无常的感慨。

　　赣江边上，滕王阁高耸屹立，江面和绿洲的景色一览无余，滕王阁上，宴会奢华，歌舞正欢，宾客们沉醉其中，身上的玉佩、响铃发出清脆的响声。

　　诗人将心情从欢宴中抽离出来，将目光移到窗外，与滕王阁内热闹的盛宴不同，窗外的云烟、细雨总是朝来暮去、春来冬走，云聚云散、日出日落，斗转星移，世间已经过了多少春秋，昔日建阁的滕王已经不在这里了，只剩下栏杆外的江水日夜奔流。语尽而意未尽，引人深思。

　　诗人在诗中对人生和命运无常发出无限感慨，人生的欢愉、成败是漫长岁月中的一瞬间，多年以后，谁又能记得呢？

杨炯

杨炯（650—693年），字令明，华阴（今陕西华县）人，唐代诗人、官员、文学家。杨炯博闻强识，文采斐然，尤其擅长创作五律古诗，诗风刚健，开拓新风，与王勃、卢照邻、骆宾王合称"初唐四杰"。

从军行

杨炯

烽火照西京①,心中自不平。

牙璋②辞凤阙③,铁骑绕龙城④。

雪暗凋旗画,风多杂鼓声。

宁为百夫长⑤,胜作一书生。

注释

① 西京:长安。
② 牙璋:古代调兵用的兵符,代指将军。
③ 凤阙:汉代有凤饰的宫阙,代指皇宫。
④ 龙城:汉代时匈奴的战略要地,这里指敌人的据点。
⑤ 百夫长:管理一百个士兵的头目,指军中小官。

赏析

唐高宗时期,吐蕃、突厥多次侵扰边境,唐将领出兵征讨,传回边报,杨炯听到边报的消息后,有感而发作《从军行》一诗,意欲投笔从戎。

边境遭受侵扰,传递战事消息的烽火照亮了长安城,听到这个消息,诗人心中的不平之气油然而生。为了应对边境战事,武将接到军令,带着兵符走出皇宫,带着精锐的骑兵去围攻敌人的据点。战场上风雪交加,暴雪掩盖了战旗,战鼓在狂风中鸣响,战场上厮杀激烈,想到此情此景,诗人便有了上阵杀敌的欲望,于是直抒胸臆,宁可去当阵前低级的军官,也不愿当只会写文章而不能上阵杀敌的书生。

本诗逻辑清晰,语言通俗易懂,从边境发生战乱到武将出兵讨伐,从战场激烈交战到想亲自冲锋陷阵,层层递进,一步步引出诗人当下的境况和心愿,表意简洁清晰。

有人说这首诗是诗人对朝廷重武轻文、武将受宠的牢骚之作,也有人认为这首诗是诗人想报国杀敌的忠义之作。无论哪种创作缘由,本诗的豪迈之气、从军之心都彰显得淋漓尽致。

陈子昂

陈子昂（约659—约700年），字伯玉，又称"陈拾遗"，梓州射洪（今四川遂宁射洪）人，唐代文学家、诗人。陈子昂倡导诗文革新，提倡"风雅兴寄"，认为诗风应雄壮、有豪侠之气，其诗情绪高昂、寓意深远。

登幽州台①歌

陈子昂

前不见古人,后不见来者。

念天地之悠悠②,独怆然③而涕下!

注释

① 幽州台:地名,相传是燕昭王为招纳天下贤士而建的黄金台,其确切遗址历来说法不一,一说位于今北京市。
② 悠悠:时间久远、空间广大。
③ 怆然:悲伤的样子。

赏析

　　这是一首怀才不遇之作，抒发了诗人抑郁不得志的悲愤之情，读来令人惋惜。

　　战国时期，燕国的燕昭王接管破败的燕国，为讨伐齐国，尊郭隗为师，听从郭隗建议，建黄金台招贤纳士，"士争凑燕"，之后，燕国大败齐国。

　　明君招贤纳士的故事历来被人们传颂，陈子昂到幽州台登高怀古，想到幽州台曾是昔日人才争相投奔的黄金台，不免感慨一番，昔日礼贤下士的贤明之君已经不在了，后世也没有出现爱惜人才的贤明君主，天地辽阔，岁月如梭，这里只有诗人一人独自遥望历史，不禁悲伤得泪如雨下。

　　实际上，诗人并非为国家没有明君、人才而悲伤，而是为自己的仕途不顺而悲伤。诗人通过寥寥数语，就将自己怀才不遇的苦闷表达得淋漓尽致。全诗苍劲有力，极富感染力。

贺知章

贺知章（659—约744年），字季真，号四明狂客，越州永兴（今浙江杭州萧山区）人，唐代诗人、书法家、官员。贺知章诗文俱佳，擅书法、好饮酒，与张若虚、张旭、包融并称"吴中四士"，与张旭、怀素合称"唐草三杰"，与李白、李适之、李琎、崔宗之、张旭、苏晋、焦遂合称"饮中八仙"。

咏柳

贺知章

碧玉①妆成一树高,万条垂下绿丝绦②。

不知细叶谁裁出,二月春风似剪刀。

注释

①碧玉:碧绿色的玉,比喻春天柳树叶子的颜色如碧绿色的玉。
②绦:用丝编成的绳带,指柳条细长如丝带。

赏析

天气转暖,柳树发芽,预示着春天的到来,这样的早春景象让人欣喜。

贺知章是一位想象力非常丰富的诗人,他将柳树比作一个正在梳妆打扮的美人,更凸显出春天的生机与惹人怜爱。

春天的柳树焕发出浓浓生机,柳叶如玉一般碧绿明亮,将柳树装扮得美丽动人,千万条枝条垂下,如同少女垂下的丝带一般柔顺。如此美景,让诗人忍不住发问,这样美丽的柳叶究竟是谁裁剪出来的呢?是春天到了,二月和煦温暖的春风轻拂柳枝,催发了嫩绿细长的柳叶。

贺知章的这首《咏柳》语言清丽、通俗易懂,想象丰富,读来朗朗上口,在描写早春景象的诗中堪称佼佼者。

回乡偶书①二首·其一

贺知章

少小离家老大②回,乡音无改鬓毛衰③。
儿童相见不相识,笑问客从何处来。

注释

① 偶书:偶然的情况下写的诗。
② 老大:年纪大了。
③ 衰:稀疏。

赏析

诗人早年离家，年少高中状元，一直在外为官，晚年时因病求还乡里。离开家乡几十年，再回到儿时的故乡，感到既熟悉又陌生，进而写下两首诗，表达心中感慨之情，此为其一。

人生匆匆数十载，年少离家求取功名，转眼韶华已逝，年老的诗人回到家乡，多年前的乡音没有改变，但是当初的少年已经双鬓花白稀疏，成为老人模样。家乡的孩童没有见过诗人，并不认识他，于是才把诗人当作远道而来的客人，问他是从哪里来的。

游子归乡令人欣喜，也令人忐忑，游子的心与故乡是亲近的，但多年过去，游子和故乡都发生了巨大的变化，彼此间又是陌生的，天真烂漫的孩童不识故人，将故人当成客人，令人唏嘘。

张若虚

张若虚（约670—约730年），扬州（今江苏扬州）人，唐朝诗人。张若虚的诗文清丽俊秀、极富情韵，其代表作《春江花月夜》有"唐诗开山之作""一词压两宋，孤篇盖全唐"的美誉，闻一多先生盛赞该诗为"诗中的诗，顶峰上的顶峰。"

春江花月夜

张若虚

春江潮水连海平,海上明月共潮生。

滟滟①随波千万里,何处春江无月明。

江流宛转绕芳甸②,月照花林皆似霰③。

空里流霜不觉飞,汀④上白沙看不见。

江天一色无纤尘,皎皎空中孤月轮。

江畔何人初见月?江月何年初照人?

人生代代无穷已,江月年年望⑤相似。

不知江月待何人,但见长江送流水。

白云一片去悠悠,青枫浦上不胜愁。

谁家今夜扁舟子⑥?何处相思明月楼⑦?

可怜楼上月徘徊,应照离人妆镜台。

玉户⑧帘中卷不去,捣衣砧上拂还来。

此时相望不相闻,愿逐月华流照君。

鸿雁长飞光不度,鱼龙潜跃水成文⑨。

昨夜闲潭梦落花,可怜春半不还家。

江水流春去欲尽,江潭落月复西斜。

斜月沉沉藏海雾,碣石潇湘无限路。

不知乘月几人归,落月摇情满江树。

注释

① 滟滟:水波荡漾的样子。
② 芳甸:郊外青草茂盛的原野。
③ 霰:细小的冰粒。
④ 汀:水边的平地,指沙滩。
⑤ 望:一作"只"。
⑥ 扁舟子:江上行船中的游子。
⑦ 明月楼:月下闺楼,这里指楼中思念丈夫归来的妇人。与下文的"离人"所指相同。

⑧ 玉户：装饰华丽的楼阁。
⑨ 文：同"纹"。

赏析

  这是一首七言长篇歌行，描绘了一幅动人的春江月夜图。全诗写景、叙事、抒情相融合，诗情与声情相协调，可谓格调清丽、清浅流畅、曲尽其妙、意境高远，将离别的思绪和对人生的感悟充分地表达了出来。

  诗的开篇视角和情感壮阔，一幅春潮涌动、海天一色、明月高悬的春江月景图呼之欲出，给人带来极大的视听冲击。月光照耀春江水，江水晶莹透亮，江边的原野、鲜花、树林、沙滩上都闪烁着细碎迷人的光亮。

  "江月年年望相似""不知江月待何人"以月光流转暗示时光流转，从月写到月下之人，写作主体从景转到人。明月高悬，年年岁岁如此，只是今天的月色中，江边的人又在等着谁回来呢？江水流淌不语，月光照进江边楼上思妇的门帘，月影移动，带不走思妇思念丈夫的幽怨。鸿雁飞、鱼儿游、光影转，远在天涯海角的游子杳无音信，月色下赶回家团圆的人又有几个呢。月色朦胧，树枝摇曳，多情难消。

春、江、花、月、夜，还有月夜中住在江边的人，这是多么美妙的良辰美景，很难不令人沉醉其中。

《春江花月夜》这首诗在唐诗中有着极高的地位，古往今来，人们对这首诗不吝赞美之词。

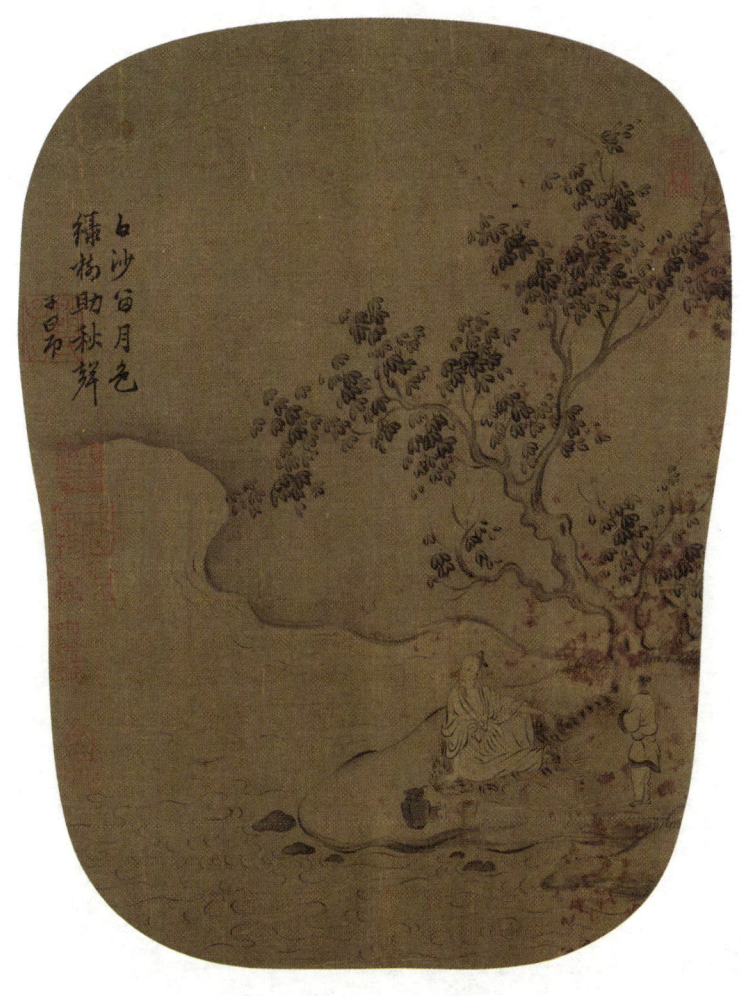

[宋] 马和之 《月色秋声图》

张九龄

张九龄（678—740年），字子寿，世称张曲江、文献公，韶州曲江（今广东韶关西）人，唐代诗人、文学家、政治家，曾官至宰相。张九龄的诗歌以兴寄为主，具有"雅正冲淡"的特点，委婉含蓄，意蕴悠长，寄托深远。

望月怀远

张九龄

海上生明月,天涯共此时。

情人①怨遥夜,竟夕②起相思。

灭烛怜光满,披衣觉露滋③。

不堪盈手赠,还寝梦佳期。

> 注释

① 情人:多情的人。

② 竟夕:整晚。

③ 滋:湿润。

赏析

正如诗的题目所述，这是诗人月下怀古之作，因江海月景有感而发，诉说对远方亲朋好友的思念。

首二句写景，江海之上，明月挂空，天下人尽望，彼此所处空间不同，但望月的时间相同，意境辽阔，为千古名句。

从次二句开始，由景入情，从"望月"转入"怀远"。诗人在月下感慨，今夜一同望月的有情人，是不是也会像自己一样，怨恨夜太漫长。因望月而生起的相思之情，让人整夜都无法入眠，诗人熄灭蜡烛，怜爱地看着这满屋的月光，越看越难入睡，干脆起床欣赏这美丽的月色。诗人披着衣服在月夜中徘徊，觉得深夜寒冷，又转身回去就寝，这样美好的月色不能亲手赠给亲友，那就在梦中与亲友相会吧。

诗人作为唐代名相，一直给人以刚正不阿、直言敢谏的印象，而这首怀念亲友的诗用词清丽、意蕴深远，让人了解到了诗人内心孤独和温柔的一面。

王之涣

　　王之涣（688—742年），字季凌，祖籍并州晋阳（今山西太原），唐朝官员、诗人。王之涣才貌双全，慷慨豪放，为官清明廉洁，曾因遭人诬谤而辞官，赋闲在家十余年间，专心作诗，写出许多被当世和后世传颂的名篇。后王之涣被朝廷起用，卒于任上。王之涣以边塞诗最为著名，与岑参、高适、王昌龄合称唐代"四大边塞诗人"。

登鹳雀楼①

王之涣

白日依山尽,黄河入海流。

欲穷②千里目③,更④上一层楼。

注释

① 鹳雀楼:又名鹳鹊楼,始建于北周时期,遗址在今山西省永济市蒲州古城,位于黄河岸边。现存鹳雀楼为后世所建。
② 穷:穷尽、达到。
③ 千里目:宽阔的视野。
④ 更:再。

赏析

此诗为王之涣登高望远之作，有人认为此诗作者应为朱斌，题为《登楼》，本书认为此诗为王之涣与王昌龄、高适等人打赌赛诗时所作。

王之涣辞官以后，漫游访友、赏景作诗，在黄河岸畔，王之涣登上鹳雀楼，远望黄河辽阔景象，借景抒情，得此佳作。

本诗的前两句写所见，后两句写所思。登楼远望，万里河山尽在眼前，落日从层峦叠嶂的山峰沉下去，黄河水向着大海的方向奔涌而去，山河壮丽，景象辽阔。可是诗人似乎还不满足，希望看到更加壮丽、辽阔的景象，于是直言心中所思，想要再向上攀登一层楼。

本诗历来被认为是一首不可多得的富含哲理的唐诗，其最后两句"欲穷千里目，更上一层楼"用极其简单直白的话语，传递出一个简约深刻的道理，似乎在鞭策当世人和后人，应积极向上、勇攀高峰，只有付出更多的努力，才能追求更高的志向、取得更高的成就、欣赏到更壮美的风景。

凉州词二首·其一

王之涣

黄河远上白云间,一片孤城①万仞②山。

羌笛何须怨杨柳③,春风不度玉门关④。

注释

① 孤城:塞外孤独的戍边关城。
② 仞:古代长度单位。这里的"万仞"概指山非常高。
③ 杨柳:古人送别的曲子《杨柳曲》,这里以杨柳比喻送别。
④ 玉门关:汉代时的塞外边关,故址在今甘肃省。

赏析

自古边塞就是孤寂之地，王之涣的这首诗以旁观者的视角审视边关，看似平铺直叙的语言写出了边塞的荒凉与壮阔，字词背后也蕴含了边关将士的孤独和思乡之情。

本诗从写景到写情，从视觉、听觉再到心理感受，过渡非常自然。滚滚黄河水汹涌澎湃，仿佛是从远方天边的白云间奔流而来，黄河岸畔的玉门关屹立在重重叠叠、高耸入云的群山之中，在高山大河的映衬下，边关是那样的壮阔而荒凉，玉门关是那样的孤独和悲壮。当耳边传来边关将士用羌笛吹奏的《杨柳曲》时，诗人不禁感慨，何必用羌笛吹奏出曲调如此哀怨惆怅的曲子呢，春风是根本吹不到玉门关的。

边关荒凉，但不得不戍守，如此更显得边关将士们的思乡情浓和保家卫国的慷慨大义。全诗没有单纯沉浸在征人思乡的哀怨中，而是悲中有壮，给人以积极向上之感。

孟浩然

　　孟浩然（689—740年），字浩然，号孟山人，世称孟襄阳，襄州襄阳（今湖北襄阳）人，唐代诗人，因入仕艰难而一生未入仕。孟浩然漫游山水、归隐修道，创作了大量的山水田园诗、羁旅诗，深受同一朝代的李白、王维、张九龄等人的仰慕。因同样在山水田园诗作上有较高的造诣，后人将孟浩然与王维合称"王孟"。

春晓

孟浩然

春眠不觉晓[1]，处处闻啼鸟[2]。

夜来风雨声，花落[3]知多少[4]。

注释

[1] 晓：早晨，天刚刚亮。
[2] 啼鸟：鸟啼，指鸟儿的鸣叫声。
[3] 花落：落花。
[4] 知多少：不知道有多少。

赏析

  这首诗是孟浩然求仕不顺，隐居鹿门山时所作的。

  诗人隐居在山中的生活是悠闲自在的，春天困乏，一觉睡醒，不知不觉已经天亮了，窗外的鸟儿正在叽叽喳喳地鸣叫，诗人还没有见到春景，就已经从欢快的鸟鸣声中感受到了春天的生机勃勃。诗人被鸟儿吸引到屋外后，看到昨夜的风雨打落了许多花瓣，地面上落英缤纷，花瓣不知道有多少呢。

  春风、春雨、春天里鸟儿的鸣叫，这些都预示着窗外一片繁荣的春景。诗人不见春景，却能知道春天已经到来，用听觉来感受春天，是非常奇妙的感受。

  虽然仕途困顿，但在隐居的悠闲生活中，能一觉睡到大天亮，何尝不是一种幸福的生活呢。

望洞庭湖赠张丞相[①]

孟浩然

八月湖水平,涵虚混太清[②]。

气蒸云梦泽[③],波撼岳阳城。

欲济无舟楫,端居[④]耻圣明[⑤]。

坐观垂钓者,徒有羡鱼情。

注释

① 张丞相:张九龄。
② 涵虚混太清:"涵"意为包容;"虚""太清"均指天空,此句指洞庭湖的湖水与天空相接,天水一色。
③ 云梦泽:洞庭湖的古称。
④ 端居:闲居。
⑤ 圣明:指太平盛世。

赏析

　　孟浩然与张九龄是忘年之交。公元 733 年，入仕艰辛的孟浩然西游至长安，时值张九龄任宰相，于是孟浩然作这首诗送给张九龄，含蓄地表达了希望得到张九龄的举荐而入仕的心愿。

　　本诗借景抒怀，首四句先从洞庭湖的壮美景象写起，时值八月，洞庭湖水已经涨至与湖岸相平，湖面辽阔，天空倒映在湖水中，湖水在远处与天相接，湖水与天空融为一体，水天一色；湖面水汽蒸腾，波澜壮阔，连湖边的岳阳城都深受震撼。

　　末四句转入抒怀，以"欲济"二字承接上下文，从景色描写过渡到心理活动描写。诗人看着浩瀚的湖水，为自己在盛世中一直闲居而感到羞愧，想要到湖的另一边去，却没有船只，实际上是在暗示想要寻找出路，却苦于没有人举荐。诗人闲坐着观看别人临河垂钓，实际上是在暗示他人在朝为官，也或指其他人得到了张九龄的推荐，而自己只能徒生羡慕之情。

　　诗人通过景物描写，表达了自己希望得到张九龄引荐的心情。整首诗雄浑壮阔、意境深远、摄人心魄。

过故人庄

孟浩然

故人具鸡黍①,邀我至田家。

绿树村边合②,青山郭③外斜。

开轩面场圃④,把酒话桑麻⑤。

待到重阳日,还来就菊花。

注释

① 具鸡黍:准备丰盛的饭菜。
② 合:环绕。
③ 郭:城墙。
④ 场圃:农家种植蔬菜和捶打、晾晒作物的地方,这里指农家小院中的菜园或空地。

⑤ 桑麻：农家养蚕、纺织的物料，这里指农事、农家的劳作和日常生活。

赏析

在这首田园诗中，诗人描绘了一幅老友欢聚的温馨画面，充满了浓浓的烟火气。

首联写邀约。诗人先写朋友家中的场景，相交多年的好友正忙活着提前准备丰盛的饭菜，因为今日要邀请孟浩然来家里做客。

颔联写赴约。描述空间转换，诗人走在赴约的路上，心情愉快，一边赶路一边欣赏风景，村庄的周围围绕着翠绿而茂密的树林，城外横卧着苍翠的山峦。

颈联写欢聚。空间再转回农家小院，诗人已经来到了朋友家中，两人推开带有栏杆的轩窗，看看窗外的菜园、苗圃，再聊聊农家日常生活，对酒畅饮，真是轻松自在。

尾联写再相约。时空一起发生转换，老友们商量着，或许等到重阳节时，还能再坐在这里喝着菊花酒畅聊。

整首诗语言流畅，情感真挚，画面温馨，场景转了又转，再现了老友在农家小院相聚的欢乐，这一幕显得多么稀松平常，又多么难能可贵。

宿建德江

孟浩然

移舟泊烟渚①,日暮客②愁新③。

野旷天低树,江清月近人。

注释

① 烟渚:水雾笼罩的江边小洲。
② 客:漂泊在外的旅客,这里指诗人自己。
③ 愁新:新愁,指新的愁绪。

赏析

  孟浩然入仕不成，便常四处漫游、结交朋友，算是一种"曲线入仕"的方法。但由于不得志，再加上长时间漂泊在外，孟浩然的心中难免落寞，在建德江的客船上，有感而发，写下了这首诗。

  漫游在外的一天傍晚，小船移动着停靠在江边的小洲上，太阳西沉，漂泊的诗人增添了新的愁绪。原野空旷无人，天空低垂着，仿佛比树还要矮，江水清澈，月亮的倒影在江水中清晰可见，诗人坐在客船边欣赏水中月影，月影和客船如此接近，好像是要安慰思乡的人。

  在诗中，诗人先从眼前的小舟写起，再写远处的旷野与天幕，然后又回到小舟上，这样的写景顺序十分符合常人对周围环境的观察顺序，自然而不做作。全诗所描绘的场景朦胧、沉郁，羁旅之情、思乡之愁涌现而出，合情合理。

  整首诗朴实无华，情感流露自然，一个漂泊在外、依靠在小舟角落里思乡的游子形象跃然纸上。

[唐] 李思训 《江帆楼阁图》

李颀

　　李颀（生卒年不详），祖籍赵郡（今河北赵县），居住于河南颍阳（今河南登封），唐代官员、诗人。李颀擅长五言、七言诗歌创作，在题材上尤其以边塞诗、音乐诗最佳，在当时文坛颇负盛名。李颀交友广泛，与王维、高适、王昌龄等著名诗人均有诗词唱和。

古从军行

李颀

白日登山望烽火,黄昏饮马傍①交河。

行人②刁斗③风沙暗,公主琵琶④幽怨多。

野云万里无城郭,雨雪纷纷连大漠。

胡雁哀鸣夜夜飞,胡儿⑤眼泪双双落。

闻道玉门犹被遮,应将性命逐轻车。

年年战骨埋荒外,空见蒲桃入汉家。

注释

① 傍:顺着,靠近。
② 行人:出征在外的将士。

③ 刁斗：古代军队中的铜制炊具，白天可用来煮饭，晚上可用作打更、发出警示声。
④ 公主琵琶：汉武帝时期，江都王刘建之女刘细君被封为公主，远嫁乌孙国和亲，汉武帝命人制作秦琵琶（阮）以帮助公主排解愁闷。
⑤ 胡儿：胡人士兵。

赏析

这是一首边塞诗，描写了边关艰苦的从军生活。

从"白日登山望烽火"句至"年年战骨埋荒外"句，用较长的篇幅描写了边关生活。边关将士们白天驻守关城，巡视烽火台，以随时了解敌情，晚上牵着战马沿着交河巡视、喂马喝水。狂风卷起砂砾，风声中还夹杂着阵阵刁斗声，这声音仿佛汉代和亲公主弹奏的低沉幽怨的琵琶声，惊得胡雁夜夜哀鸣、徘徊，吓得胡人士兵眼泪直流。战事早就该结束了，可是玉门关的归途被封锁了，士兵们只能跟随将军的车马继续四处奔波作战，岁岁年年，荒野中不知道掩埋了多少战士的尸骨，可战争仍在继续。诗中"纷纷""夜夜""双双""年年"等词将反战的迫切与无奈之情不断推进，最终在末句得以释放。

末句写征战结果，即西域的葡萄进贡到汉宫。战争残酷，无数士兵有去无回，只换来葡萄供权贵者享用，让人不禁怀疑发起战争是否值得。

　　该诗表面上描述汉武帝开边政策下的边关将士的艰难生活，实际上是借古讽今，表达了诗人对帝王穷兵黩武的讽刺和抨击之情。

王昌龄

王昌龄（698—757年），字少伯，别称王江宁、王龙标，京兆长安（今陕西西安）人或太原人，唐代诗人、官员。王昌龄是盛唐时期著名的边塞诗人，其边塞诗意境开阔、情感细腻，能真实地反映边关生活和将士心理，景物描写、情感渲染及艺术表现力均非常高超，被誉为"边塞诗的先驱"，有"诗家夫子""七绝圣手"的美誉。

出塞二首·其一

王昌龄

秦时明月汉时关,万里长征①人未还。

但使龙城②飞将③在,不教胡马度阴山。

注释

① 长征:从军远征。
② 龙城:汉代右北平郡所在地。
③ 飞将:西汉名将李广。其作战英勇,曾屡败匈奴,有"飞将军"之称,曾任右北平郡太守。

赏析

这首边塞诗描写边关战事,并反思战事,借古讽今,也表达了希望平息边患的愿望。

首二句写对历史和战事的反思。诗人身处边关,边关的景象尽收眼底,诗人望着边关的关城、烽火台、山峦,不禁陷入思考:历朝历代都会有人挑起战争,都会有人驻守边关。唐朝的边关和秦汉时期的边关并没有太大的不同,唐朝的战争和秦汉时期的战争似乎也没什么不同。千百年来,边关的明月依旧、战事依旧,不远万里奔赴战场的将士们却再也回不来了。

次二句写诗人的愿望。诗人不忍将士有去无回,于是畅想着,如果汉代的李广将军还在该有多好,这样胡人的兵马是无论如何不会越过阴山来犯的。次二句有对战事发展的期盼,也有对战事的反感,希望早日结束战事。

本诗视角宏大、意境辽阔、情感悲壮,明代诗人李攀龙盛赞本诗为唐人七绝的压卷之作。

从军行七首·其四

王昌龄

青海①长云②暗雪山,孤城遥望玉门关。

黄沙百战穿③金甲④,不破楼兰⑤终不还。

注释

① 青海:指青海湖。
② 长云:层层叠叠的云。
③ 穿:磨破。
④ 金甲:金属制成的盔甲,指战士们的战衣。
⑤ 楼兰:汉代时西域诸国中的一个小国,位于今新疆维吾尔自治区内。王昌龄所在的唐朝时期,楼兰已经灭亡了,这里指代敌军的都城。

赏析

从军行七首是孟浩然的组诗，本诗是其中第四首，主要歌颂了边关将士保家卫国的雄心壮志。

首二句写边关环境。青海湖上堆积着层层叠叠的云，厚厚的云遮住了阳光，让远处的雪山看起来非常暗淡，边塞的古城孤独地屹立在荒漠戈壁，与玉门关遥遥相望。可以看出，边关的自然环境并不好，长云、雪山、孤城，给人一种荒凉、压抑、渺小无助之感，这样的环境并不适合生活，但战士们却坚守于此。

次二句写战士的英勇。边关狂风肆虐、黄沙四起，大大小小的战争对抗一次又一次，战士们的金属铠甲都已经磨破了，但即便如此，战士们仍不畏艰险，一路向前，他们对西域的楼兰势在必得，不攻破楼兰是绝对不会休战回到家乡的。

将士们不畏艰险保家卫国，王昌龄正是被这一精神所感动，才有了这首诗的诞生。盛唐国力强盛，统治者开疆拓土，战士冲锋陷阵，此诗意境苍凉，但情绪激昂，为人们再现了千百年前雄壮的大唐气象和矢志不渝的盛唐将士形象。

闺怨[1]

王昌龄

闺中少妇不知愁,春日凝妆[2]上翠楼[3]。

忽见陌头[4]杨柳色,悔教夫婿觅封侯[5]。

注释

[1] 闺怨:闺中女子的幽怨,这里指少妇的相思之苦。
[2] 凝妆:隆重、精致的妆容。
[3] 翠楼:华丽的阁楼。
[4] 陌头:路边。
[5] 觅封侯:古代从军打仗,如果建立战功有可能被封侯,这里指为建功立业而从军。

赏析

　　王昌龄的闺怨诗并不多，虽量少但质优。这首诗在唐诗同类诗中非常具有代表性。

　　诗人用第三视角描写闺中少妇的日常生活与相思情愫。少妇的生活简单而平淡，并没有什么忧愁，春日里，画上精致华丽的妆容登上阁楼去赏春色，无意中看到路边的柳树抽出新芽，冬去春来，又是一年，远征戍边的丈夫却还没有回来，少妇不禁心中悔恨，当初不该让丈夫为求功名而去征战边关。

　　唐朝时期，从军戍边觅封侯是实现人生目标的一个重要途径，尚武的社会风气盛行，少妇的丈夫也是在这样的社会风气下从军的。少妇青春年少，生活富足，化凝妆、登翠楼，生活自得其乐，却被路边的一抹春柳色勾起当年夫君远征时折柳送别的回忆，赏春自娱变成思夫闺怨，"忽"字画龙点睛，表现了少妇情感转变之快。但赏春怎能不见柳色呢，柳色的出现在情理之中，少妇生出相思之情也是自然而然的事情。不知愁、却被愁所困的少妇形象生动立体，可谓曲尽其妙。

芙蓉楼①送辛渐②

王昌龄

寒雨连江夜入吴③,平明④送客楚山孤。

洛阳亲友⑤如相问,一片冰心在玉壶。

注释

① 芙蓉楼:位于润州(今江苏镇江),在长江岸畔,可登楼俯瞰长江。
② 辛渐:王昌龄的好友,生平不详。
③ 吴:三国时期的吴国,这里指江苏镇江一带。
④ 平明:天刚亮的时候。
⑤ 洛阳亲友:辛渐在润州与王昌龄告别,经扬州北上,目的地是洛阳,因此诗人在这里提到洛阳的亲友。

赏析

王昌龄的诗大致分三类，即边塞诗、闺怨诗、送别诗。这首诗是其送别诗中最具代表性的一首。

这首诗从浩渺壮阔的江景开始写起，秋日寒冷的夜雨淅淅沥沥地落在江面上，水天相连，江面烟雨弥漫，江水向吴地流去。冰冷的夜雨和浩渺的江水为全诗奠定了离别时悲伤的情感基调。天才刚刚亮，诗人将朋友送到客船上，客船远去，只留下诗人一人遥望着楚山，孤独、冷寂之情更浓。

"孤"字承接上下，友人离去，诗人让友人带去对洛阳亲友的问候："一片冰心在玉壶"。唐代诗人多用"玉壶冰""冰壶"来形容个人的高尚品格，如姚崇的"冰壶者，清洁之至也"(《冰壶诫序》)，王维的《赋得清如玉壶冰》，杜甫的"冰壶玉衡悬清秋"(《寄裴施州》)，等等。作此诗时，王昌龄正在遭受非议，故以玉壶冰心来表明自己的心志，希望亲友们大可放心，自己的初心并未改变，与亲友的情谊也并未改变。末二句由景生情，由眼下之景想象到未来的问候，从友情写到节操，情感真挚感人，也因此成为千古名句。

王维

　　王维(约701—761年),字摩诘,号摩诘居士,世称王右丞,蒲州(今山西运城)人,唐朝诗人、画家、官员。王维出身太原王氏,年少时就以诗、乐出名,状元及第入朝为官,安史之乱中被安禄山囚禁胁迫受伪职,安史之乱平息后幸免获罪,仍为朝廷命官,晚年辞官还乡。王维精通诗、书、画、音乐,诗、画造诣极高,苏轼评曰:"味摩诘之诗,诗中有画;观摩诘之画,画中有诗。"因终身好佛,又有"诗佛"之称。

相思

王维

红豆生南国①,春来发几枝。

愿君多采撷②,此物最相思。

注释

① 南国:古代江汉一带的诸侯国,泛指我国南方地区。
② 采撷:采摘。

赏析

这首诗是王维怀念好友李龟年而写的诗。李龟年是宫廷乐师，音乐造诣极高，王维与李龟年以乐会友，早年相识。安史之乱后，李龟年流落江南，还曾演唱过这首诗。

红豆，又名相思子，相传古代有一女子因思念牺牲在边关的丈夫而每日痛哭，郁郁而终后化为红豆。由于这一凄美的传说，人们便将红豆称为相思豆、相思子，且由于红豆圆润小巧，色红如珊瑚，古人还将其用作装饰物、礼物。

本诗首句因物起兴，以蕴含相思之情的红豆写起，由红豆引发想象。红豆生长在南方，每逢春天都会萌发出许多新的枝丫，红豆寄托着相思，诗人希望友人能在红豆成熟的时候多采摘一些，这许多的红豆便是诗人对友人的思念。

以红豆寄托相思，浪漫而又美好。全诗所用词语并无特别之处，却极富想象和浪漫主义色彩。也正是从王维开始，更多的人知道了红豆的相思之意，并以红豆表达相思之情。

九月九日忆山东①兄弟

王维

独在异乡②为异客,每逢佳节③倍思亲。

遥知兄弟登高④处,遍插茱萸⑤少一人。

注释

① 山东:王维为蒲州(今山西永济)人,蒲州在华山以东,故称山东。
② 异乡:他乡、外乡。创作本诗时,王维在洛阳、长安一带漫游。
③ 佳节:指本诗中所提到的九月九日重阳节。
④ 登高:在我国许多地方,重阳节时有登高的习俗。
⑤ 茱萸:落叶小乔木,叶、果实和嫩芽可作香料,有杀菌、消毒等药用价值,古人认为重阳节插戴茱萸可驱邪避灾。

［清］ 石涛 《重九登高图》

赏析

  这是王维在少年时期所创作的一首诗,当时的王维奔赴长安求取功名,少年游子在重阳佳节思念亲人,情感朴素自然。

  "独"字开篇,孤独寂寞的情感倾泻而出。诗人年少离家,独自一人在外,身在异乡,身为异客,没有归属感,恰逢佳节,在举家团聚的日子里,思乡的情绪就更浓了。

  三、四句,诗人开始写远方的兄弟,猜想他们此刻一定相约登高赏秋去了,每个人的头上或腰间插着茱萸,但唯独少了一个人,这个人便是自己,与自己的思乡情浓相比,远方的兄弟们才会更加感到遗憾吧。

  很多人写思乡是从某一个人的视角去写,在这首诗中,诗人不仅写自己思乡,也写亲人思念自己,这样的描写视角很新颖,这样相互思念的情感也更加动人。

送元二①使安西②

王维

渭城③朝雨浥④轻尘,客舍青青柳色新。

劝君更尽一杯酒,西出阳关⑤无故人。

注释

① 元二:王维的朋友,姓元,排行第二,故称元二。
② 安西:唐代时的安西都护府,位于今新疆维吾尔自治区内。
③ 渭城:秦咸阳城,汉代称渭城,遗址在今陕西咸阳东北。
④ 浥:湿。
⑤ 阳关:去往西域的交通要道,位于今甘肃省。

赏析

唐代从军风气盛行,王维的好友元二要去从军戍边,王维从长安一路相送,送到渭城,好友依依惜别,写下了这首送别诗。

离别总是凄凉的,渭城的清晨,雨淅淅沥沥地下着,打湿了路边的尘土,客舍旁边的柳树被雨水冲刷过后,柳叶的颜色更加翠绿清新。"柳"与"留"同音,古人有折柳送别的风俗,因此柳树经常在送别诗中出现。诗人在这里也特别提到了柳树,用这一特定意象来表达自己对朋友的不舍。

送君千里终须一别,分别的时刻很快到了,诗人与友人还有许多话要说,但无从说起,于是将情谊都放在酒里,心照不宣,碰杯对饮,向西去,出了阳关,就再也没有机会见到老朋友了,与其悲伤痛苦,不如记住此刻的欢畅对饮。

送别亲友,难免伤离别,但本诗悲而不伤,展现了王维与元二之间豪爽、深厚的情谊。

这首诗语言质朴,情感真挚,令人动容。此诗在当时流传开后不久,有乐人为诗谱曲,命名为"阳关三叠""渭城曲",成为当时广泛流行与传唱的送别曲。

使至塞上

王维

单车欲问边①,属国②过居延③。

征蓬④出汉塞,归雁入胡天⑤。

大漠孤烟直,长河落日圆。

萧关⑥逢候骑⑦,都护⑧在燕然⑨。

注释

① 问边:到边塞慰问。
② 属国:附属国,这里指出使附属国的使者,即诗人。
③ 居延:边关地名,在今内蒙古自治区。
④ 征蓬:被风吹着跑的蓬草,这里指诗人。
⑤ 胡天:胡人的领地。

⑥ 萧关：边关地名，在今宁夏回族自治区。
⑦ 候骑：负责侦察的骑兵。
⑧ 都护：戍边军官。
⑨ 燕然：古山名。

赏析

开元年间，唐玄宗派王维出使边关慰问将士、察访军情，此诗正作于王维出塞的路上。

本诗描写了诗人出使塞外途中的所见所闻，描绘了边关的壮阔、荒凉。诗人轻车简从奔赴边关去慰问，很快就走过了居延，边关的景象呈现在眼前，诗人像蓬草一样被风吹着一路向西飘出汉塞，像北归的大雁一样，向胡人的领地飞去，浩瀚的大漠中孤烟直上，壮阔的黄河上落日浑圆。诗人走到萧关遇上骑兵正在侦察阵地，骑兵告诉诗人将军此刻正在燕然勘察地形与敌情。

边关景象壮阔雄奇，"大漠孤烟直，长河落日圆"，诗人以写景来衬托边关将士生活的艰苦，但并不局限于艰苦本身，而将目光聚焦在将士的日常巡边上，表现出将士们即使环境艰苦也丝毫不懈怠，从景象上、情感上，都给人以豪壮、豁达之感。

鸟鸣涧

王维

人闲桂花^①落,夜静春山^②空^③。

月出^④惊山鸟,时^⑤鸣春涧中。

注释

① 桂花:有争议,可能为虚指,一种春日的花。

② 春山:春天的山。

③ 空:空荡、空旷、空寂。

④ 出:升起。

⑤ 时:时不时地,偶尔。

赏析

读王维的诗,总能让人在脑海中产生画面。这首诗的画面感就非常强,寥寥数字,便勾勒出一幅动静结合的春日月夜图。

春日的山涧,鲜有人至,只有桂花在无声地飘落,深夜的山谷,静谧空旷。明月升起,光辉照耀山林,惊扰了栖息的山鸟,溪涧中不时传出鸟鸣声。

这首诗有静有动,山、花、月、鸟、溪涧,丰富的意象融入一个画面中,并不显得热闹,反而安静和谐,静到能听见花瓣落下的声音,偶尔的鸟鸣也更加衬托出山的空、山的静,正所谓"鸟鸣山更幽",如此幽静的境界堪称绝妙。

山居秋暝①

王维

空山新雨后，天气晚来秋。

明月松间照，清泉石上流。

竹喧归浣女②，莲动下渔舟。

随意③春芳歇，王孙④自可留。

注释

① 暝：晚。
② 浣女：洗衣服的女子。
③ 随意：任凭、尽管。
④ 王孙：贵族子弟。

赏析

　　中晚年时期的王维半官半隐，居住在终南山下的辋川别业，这首诗描绘的正是晚秋时节一场秋雨过后的山中景象。

　　这幅美丽和谐的山中秋景图卷是从一场秋雨缓缓展开的。秋高气爽，刚刚下过一场雨，夜晚天气凉爽，让人感觉到了秋意。明月升起，皎洁的月光穿过松林的缝隙留下光辉，清澈的泉水在山石上潺潺流动。竹林喧响，那是洗衣服的姑娘们结伴嬉笑着归来，莲叶摇动，那是渔夫摇着小船穿行而过。

　　一句一景，有动有静，而且缤纷多彩，有月白、松青、竹翠、荷绿、石灰，这是多么美好的时节啊，让诗人忍不住发出最后两句感慨：任凭春光流转，可在秋山中久留。仿佛在规劝年轻人，春山美好，秋山也不错，大自然总是美好的，不妨尽情地享受这一切吧。

　　王维沉醉于自然山水间，其在诗中对山中各种景物的刻画非常细腻、生动，正表明了王维对山中景物的喜爱，因此有人认为，在诗末，与其说王维是在劝少年们久留山中，不如说是劝自己久留山中，归隐之心渐浓。

竹里馆[1]

王维

独坐幽篁[2]里,弹琴复长啸[3]。

深林[4]人不知,明月来相照。

注释

[1] 竹里馆:王维的私家园林辋川别业(位于今陕西蓝田西南)中的一处胜景,因房屋周围植有竹林而得名。辋川别业中有华子冈、文杏馆、鹿柴、茱萸沜、欹湖、辛夷坞、椒园等共二十处景观。王维和他的好友裴迪逐处作诗,编为《辋川集》。

[2] 幽篁:幽深的竹林。

[3] 啸:撮口而呼,即吹口哨。

[4] 深林:茂密的竹林,指幽篁。

赏析

王维隐居在辋川别业,在山水间精心营造自己的园林,全身心地享受着自然山水之乐。这首诗正是王维为园林中的"竹里馆"景观所作。

本诗以"独"字开篇,但这里的"独"与"独在异乡为异客"中的"独"显然是不同的,与少年王维离乡的孤独相比,中年王维非常享受独处。

独处的王维一点也不孤独,他坐在茂密的竹林所环绕的竹里馆中一边弹琴,一边吹着口哨高歌,没有人知道此刻的王维正坐在竹林深处,这里只有明月相伴,惬意又浪漫。

全诗描绘的景物非常普通,用语也并不华丽,诗人做的事也并没有多么奇特,但是全诗所传递出来的悠然自得、自由自在的生活状态令人向往。闲情逸致无人打扰,自得其乐,这样的生活是诗人所喜欢的,正因如此,诗人才能以平淡的字词巧妙组合,表现出高雅的意境,可谓境由心生、诗由心生。

[明] 项圣谟　王维《竹里馆》诗意图

鹿柴①

王维

空山不见人,但②闻人语响。

返景③入深林,复照青苔上。

注释

① 鹿柴:王维的私家园林辋川别业中的一处胜景,"柴"音同"寨",指栅栏,此处是王维圈养麋鹿的地方。
② 但:只。
③ 返景:日落时分返照的光线。

赏析

　　王维的辋川别业建于山水之间,环境幽静,鹿柴是其中非常别致的一处景观。

　　诗的首二句写幽静。空旷的山谷看不到人,只能听见人的说话声,或者可以理解为诗人说话时山谷传出的回声。人语响彻山谷,更显得山谷空旷、幽静。

　　诗的末二句写幽深。夕阳的余晖穿过幽深的树林,又照射在青苔上。青苔的生长得益于环境的幽暗潮湿,阳光穿过树叶缝隙斜照,只有点点余晖洒落在青苔上,可见树林的茂密、幽深。

　　空谷人语、斜辉返照,给人以十分奇妙的听觉、视觉感受,也足见诗人的豁达与开朗。

山中送别①

王维

山中相送罢,日暮掩②柴扉③。

春草明年④绿,王孙⑤归不归。

注释

① 山中送别:一作"送别"。

② 掩:关闭。

③ 柴扉:柴门,用木干、树枝做的门。

④ 明年:一作"年年"。

⑤ 王孙:贵族子弟,这里指友人。

赏析

这是一首送别诗,但没有写送别时的场景,而是写与友人离别后诗人的心理活动。

首二句写诗人的身体活动。在深山中送别友人之后,诗人回到家中,傍晚时分,关上柴门。回家、掩门,这些动作都是诗人独自完成的,也是日常生活中最稀松平常的事情,但是让人能读出一种落寞感,离别的愁绪油然而生。诗人做着平时常做的事情,但心思却根本不在这些事情上,短短两句,勾勒出一个因朋友离去而失魂落魄的人物形象。

末二句写诗人的心理活动。面对朋友的离去,诗人忍不住想,明年春天,山中的青草又绿了的时候,朋友会不会回来呢?诗人希望朋友归来,又担心朋友不能归,所以才发出这样的疑问,足见诗人对朋友的感情之深。

终南别业①

王维

中岁②颇好道③,晚家南山陲④。

兴来每独往,胜事⑤空自知。

行到水穷处,坐看云起时。

偶然值⑥林叟⑦,谈笑无⑧还期。

① 终南别业:终南山下的隐居之所。一说终南别业即为辋川别业,尚无明确论断,有争议。
② 中岁:中年。
③ 好道:喜欢佛教。道,这里指佛教。
④ 南山陲:终南山脚下。

⑤ 胜事：美好的事情。
⑥ 值：遇到。
⑦ 叟：年老的人，老翁。
⑧ 无：没有，这里指忘记。

赏析

王维一生好佛，中年以后时常在隐居之所诵经参禅。这首诗描述了诗人在终南别业隐居时的生活状态。

首二句写诗人的心灵归属，中年以来尤其喜欢佛教，晚年时希望能隐居在终南山脚下（安心参禅）。

次二句写诗人的生活状态。诗人一有兴致就迫不及待地到山水间去赏景，这样美好的事情只有诗人自己能体会到。

"行到水穷处，坐看云起时"是本诗中的名句，描写了诗人游览山水时的悠闲自在的心境。漫无目的地走，走到山水尽头处，不急着寻路也不急着返回，席地而坐，看天上云卷云舒。

末二句呼应次二句的洒脱自在。诗人在林中偶然遇到了一个老翁，于是和对方闲聊起来，谈笑间竟然忘记了要回去的时间。

纵观全诗，可见诗人的生活状态自由洒脱，既能如世外高人般独享山水之乐，也能回归生活与林间老翁谈笑自如，可敬又可爱。

王维跌宕起伏的一生

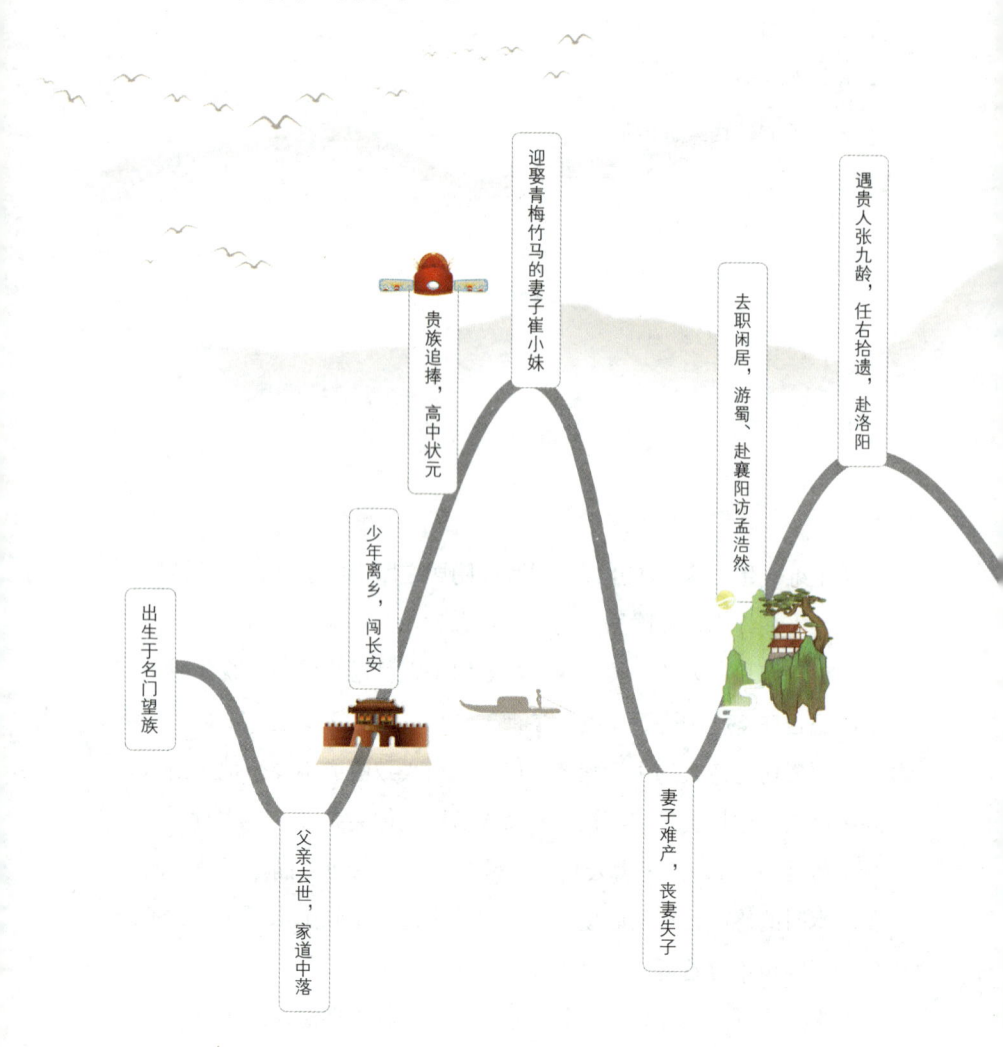

- 出生于名门望族
- 父亲去世,家道中落
- 少年离乡,闯长安
- 贵族追捧,高中状元
- 迎娶青梅竹马的妻子崔小妹
- 妻子难产,丧妻失子
- 去职闲居,游蜀、赴襄阳访孟浩然
- 遇贵人张九龄,任右拾遗,赴洛阳

- 被贬,出使大漠
- 调回长安
- 结识裴迪,游山玩水
- 母丧丁忧
- 安史之乱,被囚禁,任伪职
- 长安收复,仅被贬官
- 迁太子中庶子、中书舍人
- 转任尚书右丞
- 辞官归隐,捐家业
- 病逝

李白

李白（701—762年），字太白，号青莲居士。祖籍陇西成纪（今甘肃省秦安县）。李白才华横溢，性情狂放不羁。他曾奉诏入京，担任翰林供奉，常伴唐玄宗左右。后被赐金放还，此后云游四方，纵情于山水美景。晚年时，李白卷入永王之乱，因此身陷囹圄、流放夜郎。上元三年（762年），李白溘然而逝。作为中国诗歌史上极负盛名的浪漫主义诗人，李白的诗风雄奇瑰丽、豪放飘逸，韵律和谐多变，被后人尊称为"诗仙"，与诗圣杜甫并称"李杜"。

静夜思①

李白

床前明月光,疑②是地上霜。

举头望明月,低头思故乡。

注释

① 静夜思:宁静的夜晚产生的思绪。
② 疑:怀疑。

赏析

　　李白的这首诗语言格外朴实、简淡凝练,却意味深长,字里行间蕴藏着真挚的情感。

　　一、二句描摹出这样一幅场景:诗人夜不能寐,徘徊在窗前,月光透过窗户洒落在床前、地下,吸引了诗人的目光,他感叹月光如霜,思绪不由得越飘越远。

　　三、四句中,诗人望向窗外明月,心中骤然升起对远方家人的思念。这段日子他身处异乡,越是深夜,越是孤寂难耐,窗前的明月常常让他联想到故乡的亲人、朋友以及故乡的山山水水。此时他又一次低头陷入深深的思念中,内心愁绪满溢。

　　这首《静夜思》清新朴素,意境隽永,通篇含有一种独特的韵味,不愧为千古名作。

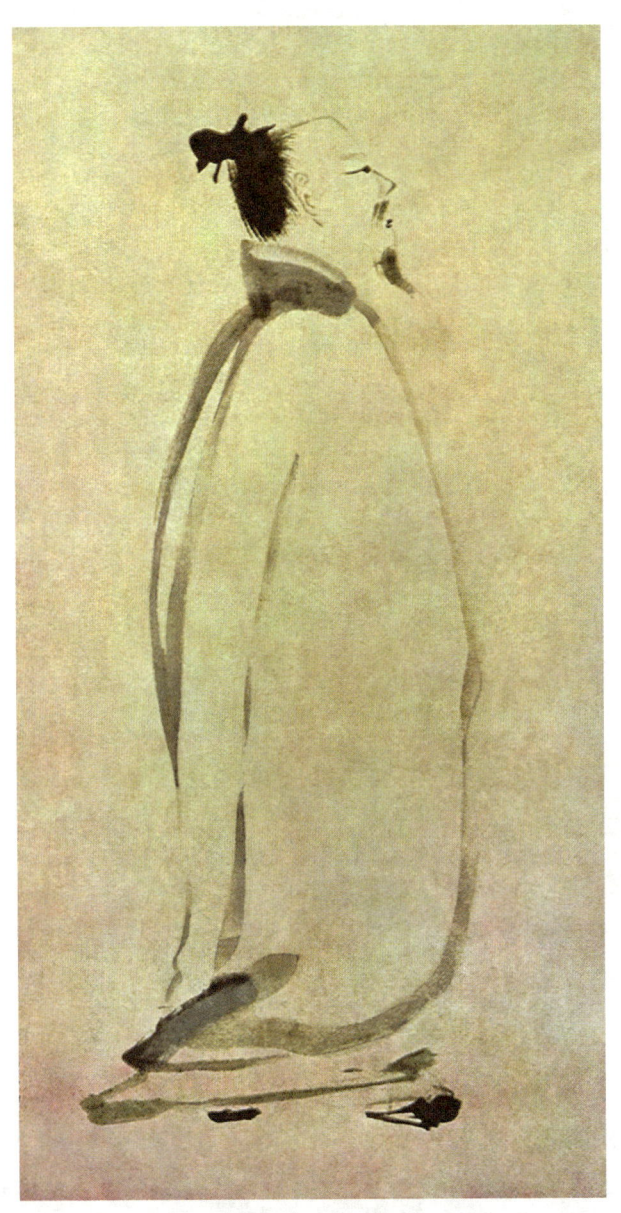

［宋］梁楷 《太白行吟图》

送友人

李白

青山横北郭①,白水②绕东城。

此地一为别,孤蓬万里征。

浮云游子意,落日故人情。

挥手自兹去,萧萧班马鸣③。

注释

① 郭:古代修筑的一种城墙。
② 白水:清澈无杂质的水。
③ 萧萧:马的嘶鸣声。班:指离别。"萧萧班马鸣"一句化用《诗经·小雅·车攻》中的"萧萧马鸣"一句。

赏析

《送友人》是一首经典的送别诗，全诗情景交融，将诗人对友人的依依惜别之情刻画得精细入微。

首联中，诗人用清新的笔触描绘了与友人离别的画面：诗人将友人送至城外，四处一派山清水秀，诗人与友人一边交谈，一边欣赏四周美景，迟迟不愿分离。这二句用词精准，对仗工整，动静结合，入情入境。

颔联中，诗人感叹道，你我此时一离别，你就像那漂泊的蓬草，随风踏上孤独的征程。诗人对友人的漂泊之旅满怀担忧，心情压抑而沉重。

颈联点出了送别的时间背景：此时已是黄昏时分，天边飘浮着浅淡的白云，落日映照着即将分别的一对友人，四下一片静谧，浓浓的情谊弥漫在空气里。

尾联描述道，诗人与朋友在马上挥手告别，马儿仰头嘶鸣，仿佛也在为两人的分离感到惋惜、痛心。

古朗月行①

李白

小时不识月，呼作白玉盘②。

又疑瑶台③镜，飞在青云端。

仙人④垂两足，桂树何团团⑤。

白兔捣药成，问言与谁餐？

蟾蜍⑥蚀圆影，大明⑦夜已残。

羿昔落九乌，天人⑧清且安。

阴精此沦惑，去去不足观。

忧来其如何？凄怆摧心肝。

注释

① 朗月行：乐府旧题。

② 白玉盘：光洁、莹润的白盘。

③ 瑶台：神话传说里的神仙居住之地。

④ 仙人：古人认为月亮里生有高大的桂树，并住着仙人，每当月亮升起时，人们抬头望月，先看到仙人的双脚，随着月亮越升越高，人们逐渐看到仙人的全貌和仙人身后的桂树。

⑤ 团团：形容圆圆的样子。

⑥ 蟾蜍：古人认为月亮里有三条腿的蟾蜍，所以常用"蟾蜍"指代月亮。此处的蟾蜍，代指紊乱朝纲的奸臣、小人。

⑦ 大明：指月亮。

⑧ 天人：指天上人间。

赏析

"朗月行"之名源自乐府古题，李白采用这一题目创作了一首新的乐府诗，称《古朗月行》。

这首诗情感充沛，字里行间充满浪漫、瑰丽的想象，令人神往。诗的开篇一至四句，写诗人小时候对月亮的喜爱与向往：幼时的诗人总是痴痴地凝视着天边的那一轮明月，因为不认识月亮，便将它称作白玉盘，有时候又怀疑月亮是仙人用的梳妆镜飘浮在云间。

五至八句，诗人借用两个流传在民间的传说描述月亮升起时独特的景致：传说月亮初升的时候，人们只能看到居住在月亮中的仙人的两只脚，随着月亮升起，渐渐能看到仙人及月中桂树的全貌，等到圆月时，能看见月中白兔捣药的身影。

九、十句中，诗人同样运用民间传说描述月亮由圆而蚀的形态：月亮被蟾蜍啃食，变得残缺、晦暗。"蟾蜍"在此别有所指，诗人借用蟾蜍食月的传说隐晦地表达了他对于时局的不满：朝政被安禄山、杨国忠之流把持，早已变得污浊、混乱不堪。

十一、十二句中，诗人提到后羿射日的神话传说，表达了他此时的心愿：他多么希望这时候能出现后羿一般的英雄，扫清污浊，涤荡天下不平事，恢复月亮的清白、恢复清平世界。

最后四句，诗人回归冰冷的现实：月亮如今变得晦暗不明，又有什么可欣赏的？不如早早离去！但诗人终归是心系国家、人民，不愿意离去，只是越想越觉得憋闷、焦虑，不知该如何是好。

这首诗由瑰丽的想象、新奇的比喻开端，以冰冷、黑暗的现实收尾，将诗人内心丰富的情感表达得淋漓尽致。

望庐山瀑布

李白

日照香炉①生紫烟,遥看②瀑布挂前川。

飞流直下三千尺③,疑是银河落九天④。

注释

① 香炉:指庐山著名山峰香炉峰。
② 遥看:远远望去。
③ 三千尺:此处并非实指,而是形容山峰高大。
④ 落九天:"九天"即九重天,是古人心中天的最高层。此处形容瀑布从高空直落的绝妙景致。

赏析

这首七言绝句思路新奇、用语浪漫，充满生命力，从古至今都备受赞誉。

一、二句描述诗人站在远处所观望到的山峰、瀑布美景。日光映照在香炉峰上，将林间升起的袅袅白烟染成如梦如幻的紫色，远远望去，只见一道瀑布悬挂在陡峭的山壁上。

三、四句描述瀑布的壮阔。瀑布喷涌而下，极为壮观，诗人看得痴了，不禁将瀑布看作银河，以为是银河从九重天上落到凡尘。此二句用语奔放空灵，令读者眼前仿佛出现瀑布飞流直下的壮丽场景，不愧为千古名句，至今为人们所津津乐道。

望天门山①

李白

天门中断②楚江③开,碧水东流至此回④。

两岸青山相对出,孤帆一片日边来。

注释

① 天门山:位于今安徽省境内的一处景点,此处长江东西两岸各有一座山峰,对峙如门,"天门"一名由此而来。
② 中断:指东、西两山被水隔开。
③ 楚江:即长江。
④ 回:转变方向。

赏析

这是李白途经天门山时所创作的一首七言绝句,描写了天门山的壮丽景色,引人入胜。

"天门中断楚江开"一句着重刻画了长江奔腾而去的气势。诗人乘舟行驶在长江上,不远处便是天门山,只见坐落在东、西两岸的两座山峰对峙如门。诗人站在船头,望着江水浩浩荡荡地向前涌去,听着滔滔江水声,不禁产生这样的幻想:这两座山峰原本是一个整体,后来被汹涌的江水冲撞开,才形成东、西两座山峰。

"碧水东流至此回"一句描述了江水浩荡奔流又折返的景象。当江水流经隔岸对峙的两座山峰中间的狭窄过道时,变得越发波涛汹涌,并在此处折回。这一句以水势的湍急反衬出山势的陡峭、雄奇。

"两岸青山相对出"将长江两岸青山对峙、连绵不断的景象描绘得入木三分。随着小舟向前行进,两岸青山相继扑入诗人的眼帘。

"孤帆一片日边来"一句将视角变为远景:浩荡无垠的江面上,诗人乘坐的孤舟像是从日边驶来。全诗至此收尾,给人以言有尽而意无穷之感,令人回味无穷。

早发白帝城①

李白

朝②辞白帝彩云间,千里江陵一日还。

两岸猿声啼不住,轻舟已过万重山③。

注释

① 白帝城:其故址位于今天的重庆奉节白帝山上。
② 朝:早晨。
③ 万重山:指重重叠叠的山峰。"万重"在此处为夸张说法,并非实指。

赏析

  这首诗作于唐肃宗乾元二年（759年），当时李白正在流放夜郎途中。朝廷的赦书突降，李白得此消息，不禁又惊又喜，激动之余，作下这首经典的《早发白帝城》。

  一、二句描述了诗人坐船赶往江陵的情景。这日清晨，诗人怀着兴奋的心情告别了白帝城，他坐船顺流而下，不到一日便到达千里之外的江陵。白帝城建在山上，地势高，水流落差大，这加快了舟行的速度。

  三、四句以江景、猿啼反衬诗人此刻的心情。舟行迅捷，两岸美景飞逝而过，令诗人目不暇接，他一边欣赏山景，一边注意倾听、用心感受回荡在山谷间的猿啼声。往日这声音令他烦躁，今日却似乎变得格外动听起来。转眼间，轻舟已经驶过重重叠叠的山峰。一个"轻"字突出了诗人轻松、畅快的心情，表现出对未来充满希望。

渡荆门送别

李白

渡远荆门①外,来从②楚国游。

山随平野③尽,江入大荒流。

月下飞天镜,云生结海楼④。

仍怜故乡水,万里送行舟。

注释

① 荆门:指荆门山,位于今湖北省宜昌市。
② 从:向。
③ 平野:一望无垠、无比平坦的原野。
④ 海楼:此处指海市蜃楼。

赏析

这首诗是李白早年间的作品，全诗洋溢着蓬勃的朝气，具有极强的感染力。

诗开篇交代了创作背景。年轻的诗人乘坐小船经巴渝、出三峡，向着荆门山外驶去。"来从楚国游"一句再次强调诗人从蜀地而来，去楚地游玩。

三至六句描述了诗人在舟行途中的所见所闻。随着小船渐渐驶近荆门山，长江两岸的群山也渐渐消失，诗人眼前出现一片原野，视野也变得开阔起来。他定睛细看，只见滔滔江水奔涌着流入原野，越发显得天地辽阔。随着时间流逝，日光收敛，月亮升起，江面变得平静，明月投在水中的倒影仿佛是天边飞来的明镜；到了白天，天空云彩变幻，倒映在江面上，仿佛海市蜃楼般绚丽、奇妙。

末尾二句中，诗人由眼前的美景回想起身后的家乡，心中不由得升腾起一片浓浓的思乡之情。

独坐敬亭山①

李白

众鸟高飞尽,孤云独去闲②。

相看两不厌③,只有敬亭山。

注释

① 敬亭山:位于今安徽宣城境内。
② 独去:独自去。闲:形容悠闲的样子。
③ 厌:厌烦。

赏析

李白一生多次游览宣城,宣城的山山水水给予他诸多灵感。这首诗正是作于李白某次秋游宣城之时。

首二句以景写情,情景交融。四周的鸟儿纷纷高飞离去,消失得无影无踪,天边几朵白云孤独地飘来飘去。诗人以高飞的众鸟、悠闲的孤云来映射自己此刻闲适中又带点孤寂的心境。

三、四句中,诗人引敬亭山为知己,感叹只有和敬亭山"相看两不厌"。青山永远在陪伴着他,不会远离他。诗人以山景安慰自己,看似消解了一部分孤独,实际上却变得更孤独。

这首诗看似句句写景,实则句句含情,诗中营造的凄清、落寞的氛围很容易令读者产生身临其境之感。

黄鹤楼[①]送孟浩然之广陵

李白

故人[②]西辞黄鹤楼,烟花[③]三月下扬州。

孤帆远影碧空尽,唯见长江天际流[④]。

注释

① 黄鹤楼：其故址位于今湖北省武汉市境内。
② 故人：指孟浩然。
③ 烟花：指繁花似锦的春天。
④ 天际流：指流向天边。

赏析

李白与唐朝另外一位大诗人孟浩然交往、唱和频繁，结下了深厚的友谊。这首诗大约作于唐开元年间，是某次李白送别孟浩然后所作，全诗用语绮丽、情景交融，令人神往。

"故人西辞黄鹤楼"一句说明了创作背景：诗人为好友送行，两人在黄鹤楼分别。"烟花三月下扬州"一句交代了送别好友的时间和好友的目的地：在繁花盛开的春天前往扬州。"烟花"一词格外有韵味，体现出旖旎、瑰丽的盛世氛围。

三、四句描述了送故友离去的场景。故友乘坐的小船渐行渐远，最后消失在视线尽头，诗人一直盯着帆影，直到它彻底消失不见，最后，他望着碧空和滔滔的江水发呆。末尾两句由景入情，将诗人对友人的依依不舍之情刻画得淋漓尽致。

闻王昌龄①左迁龙标遥有此寄

李白

杨花②落尽子规③啼,闻道龙标过五溪。

我寄愁心与明月,随君直到夜郎西。

注释

① 王昌龄:字少伯,唐时著名诗人,与李白交好。唐天宝年间曾被贬为龙标(今湖南洪江一带)县尉。
② 杨花:柳絮。
③ 子规:杜鹃鸟。

赏析

唐天宝年间，李白听闻好友王昌龄被贬龙标，伤感之余，作下这首诗。

一、二句以杨花、子规开篇，说明此时正是春天。随风飞舞的杨花、杜鹃啼鸣都给人一种凄冷、孤清之感，既点出好友王昌龄此时漂泊不定的处境，又衬托出诗人听闻好友被贬消息时低落、伤感的心情。

三、四句中，诗人直抒胸臆，表达了对好友的同情、关切及惺惺相惜之情。李白自幼痴迷于月亮，将明月视为知己，他知道明月必然懂他此刻因好友遭遇不幸所产生的愁闷情绪，他望着明月，希望明月能将他的无限愁绪及对好友的祝福与关怀带去遥远的夜郎之西（此处指王昌龄的流放之地），以此安慰好友。

将进酒[1]

李白

君不见黄河之水天上来,奔流到海不复回。

君不见高堂明镜悲白发,朝如青丝[2]暮成雪。

人生得意须尽欢,莫使金樽[3]空对月。

天生我材必有用,千金散尽还复来。

烹羊宰牛且为乐,会须[4]一饮三百杯。

岑夫子[5],丹丘生[6],将进酒,杯莫停。

与君[7]歌一曲,请君为我倾耳听。

钟鼓[8]馔玉[9]不足贵,但愿长醉不复醒。

古来圣贤皆寂寞,惟有饮者留其名。

陈王[10]昔时宴平乐,斗酒十千恣[11]欢谑。

主人何为言少钱,径须沽取对君酌。

五花马[12],千金裘[13],呼儿将出[14]换美酒,与尔同销万古愁。

注释

① 将进酒:乐府旧题。将,请。进酒,饮酒。

② 青丝:柔软的乌发。

③ 樽:酒杯。

④ 会须:应当,应该。

⑤ 岑夫子:岑勋,唐朝诗人,生卒年不详,李白好友。

⑥ 丹丘生:元丹丘,唐时著名的隐士,李白好友。

⑦ 与君:为你们。君,指岑夫子和丹丘生。

⑧ 钟鼓:豪门宴会时演奏的音乐。

⑨ 馔玉:奢华的饮食。

⑩ 陈王:指曹植,其曾被封为陈王。

⑪ 恣:恣意,尽情。

⑫ 五花马:指名贵的马。

⑬ 千金裘:指昂贵的皮衣。

⑭ 将出:拿出。

赏析

"将进酒"本是乐府旧题,有"劝酒歌"之意。李白采用这一旧题创作了这首情感强烈、气势豪迈、影响深远的杰作。

此诗以两组对仗工整、抑扬顿挫的长句开篇,极富气势,令读者眼前出现这样的画面:黄河之水从天而降,滔滔不绝,奔涌向前;朝气蓬勃的年轻人瞬间苍老,满头青丝都变成了白发。

正因时光易逝,才要及时行乐,享受当下。因此,接下来诗人都在宣扬"须尽欢"的思想。在读者看来,诗人似乎化身为酒仙,他一手执樽,且歌且吟,时而豪迈不羁,时而忧心忡忡,时而又郁愤难平,但无论何时,诗人始终肯定自己的价值,坚信"天生我材必有用"。在好友面前,诗人诗情豪迈,高呼"将进酒,杯莫停",酒酣耳热之际,他毫无顾忌地抒发着对豪门贵族的蔑视,对名利的不屑,决绝表示"但愿长醉不复醒"。现实如此黑暗、冰冷,令诗人的理想一再碰壁,诗人却不以为意,宁愿做个恣意欢乐的饮者,以诗寄托豪情壮志,以酒消却"万古愁"。

这首《将进酒》气势磅礴,诗情狂放,大开大合,震动古今,不愧为千古名篇。

行路难·金樽清酒①斗十千

李白

金樽清酒斗十千,玉盘②珍羞直万钱。

停杯投箸③不能食,拔剑四顾心茫然。

欲渡黄河冰塞川,将登太行雪满山。

闲来垂钓碧溪上,忽复乘舟梦日边。

行路难,行路难,多歧④路,今安在?

长风破浪会有时,直挂云帆济沧海。

注释

① 清酒:清冽甘醇的美酒。
② 玉盘:名贵的食具。

③投箸：掷下筷子。箸，筷子。
④歧：岔路。

> 赏析

唐天宝年间，李白被唐玄宗"赐金放还"。离开长安时，李白郁愤难平，作下《行路难》三首，此为其中的一首。

诗前四句描述长安城中的至交好友备下满桌的美酒佳肴，为诗人送行。但诗人久久不能饮酒、进食，最后，他放下酒杯，掷下筷子，站起身来，并下意识地拔出宝剑，茫然地四下环顾。这四句写出了诗人遭遇现实打击后失落、惆怅、烦闷的状态。

五、六句中，诗人以"黄河冰塞川""太行雪满山"总结自己过去几年在长安城里频频碰壁、寸步难行的处境。七、八句中，诗风一转，凸显出诗人乐观的心态：当年姜太公吕尚白发苍苍时在溪边钓鱼，得遇文王；伊尹在受到重用前曾梦见自己乘舟绕日月而行，古往今来，多少人都是历经挫折后方能施展抱负，自己如今还年轻，岂能被眼前的一点困难打倒？想到这里，诗人对未来又升起无限信心。

诗的最后，诗人纵然感叹"行路难"，但依然坚信自己将长风破浪，顺利到达理想的彼岸。

上李邕①

李白

大鹏一日同风起，扶摇直上②九万里。

假令风歇时下来，犹能簸却沧溟③水。

世人见我恒④殊调⑤，闻余大言皆冷笑。

宣父⑥犹能畏后生，丈夫未可轻年少。

注释

① 李邕：字泰和，唐朝大臣、书法家。
② 扶摇直上：乘风直上。
③ 沧溟：大海。
④ 恒：经常。
⑤ 殊调：与众不同的言论。
⑥ 宣父：指孔子。

赏析

　　这首诗大约作于唐开元年间，据说年轻的李白在游历途中谒见高官李邕时，受到了李邕的轻视，故作此诗以示回敬。

　　诗前四句中，诗人描述道，大鹏一旦乘风而起，轻易便能直入云霄，如果趁着风歇停下来，仍然能靠着自身的力量掀起大海的风浪。此处的大鹏，正是《庄子·逍遥游》中所描述的神鸟。诗人年轻时好读庄子，对《庄子·逍遥游》中记载的神鸟一直怀有浪漫的想象，此处诗人用大鹏自比，凸显了自身的凌云壮志。

　　五、六句中，诗人措辞辛辣，批评世人太过迂腐，总看不惯他言论出格，满身锐气。这里的世人，自然也包括李邕。

　　七、八句中，诗人直接说道，连圣人孔子都称后生可畏，你李邕也不该瞧不起年轻人。

　　年轻的李白对李邕这样的名士敢于直接提出批评，足见其胆识过人，不畏流俗。

［宋］ 马远 《举杯玩月图》

宣州谢朓楼①饯别校书叔云

李白

弃我去者,昨日之日不可留;

乱我心者,今日之日多烦忧。

长风②万里送秋雁,对此可以酣高楼③。

蓬莱文章建安骨,中间小谢④又清发。

俱怀逸兴壮思飞,欲上青天览⑤明月。

抽刀断水水更流,举杯消愁愁更愁。

人生在世不称意,明朝散发弄扁舟。

注释

① 宣州:今安徽宣城。谢朓楼:又名谢公楼,南齐诗人谢朓曾任宣城

太守，其间在宣城陵阳山修建一楼，后损毁。唐时，为纪念谢朓，重建此楼，人称谢朓楼。
② 长风：大风。
③ 酣：畅饮。高楼：指谢朓楼。
④ 小谢：指谢朓。
⑤ 览：通"揽"，此处有摘取之意。

赏析

这是一首饯别抒怀诗，饯别的对象在诗题中已点出，即李云。李白虽称李云为叔，但两人可能并非族亲关系。

首四句中，诗人感叹道，无数个昨日渐渐离我远去，已不可挽回；今日之离别更扰乱了我的心绪，令我心中烦忧无限。

五、六句笔调一转，诗境变得开阔起来。秋空明净，长风万里，如此美景让人豪情大发，恨不得在此高楼上酣饮三千场，不醉不归。

七至十句继续描写诗人与叔李云的豪情逸兴。诗人赞颂李云文章出色，具有建安风骨，又自比谢朓，表达了对自我才华的自信。两人在这高楼上畅饮美酒，兴致高涨，恨不得飞上青天摘取明月。

十一、十二句，诗人从幻想中回到现实，感叹喝再多酒最终也只能加重烦忧。末尾两句中，诗人安慰自己道，既然人生在世事事不如意，干脆远离这一切，去驾舟漂流。

　　这首诗中情感一波三折，虽写离别、愁闷之情，却并不过分阴郁，反而在愁苦中显现出一股豪迈之情，极富感染力。

月下独酌①四首·其一

李白

花间一壶酒，独酌无相亲②。

举杯邀明月，对影成三人。

月既不解饮，影徒③随我身。

暂伴月将④影，行乐须及春。

我歌月徘徊，我舞影零乱。

醒时同交欢，醉后各分散。

永结无情游，相期⑤邈⑥云汉⑦。

注释

① 独酌：独自饮酒。
② 无相亲：指身边没有亲近的人。
③ 徒：徒然。
④ 将：与，和。
⑤ 期：约会。
⑥ 邈：遥远。
⑦ 云汉：星河。

赏析

《月下独酌》一共四首，属这首诗知名度最高、流传最广。

诗开篇描述了诗人自斟自饮的情景。深夜，诗人在葱茏的花木间独酌，月光轻柔地落在他的肩上，令他倍感孤独。

但这种孤独立马被举杯邀月的兴致冲淡。诗人引明月为知己，邀月对饮，脚下的影子也加入了这场宴会，原本孤寂、冷清的场面仿佛变得热闹了起来。

然而，诗人突然意识到，月亮终归无法与他对谈，影子也只是徒然地跟在他身前身后。但他又转念一想，既然如此，不如尽情投入这场独特的宴会中去，"暂伴月将影，行乐须及春"。他边歌边舞，兴致高昂，空中徘徊的月亮、脚下零乱的影子仿佛在为他鼓掌。

在诗的最后，诗人感叹若能和月、影"永结无情游"，在茫茫星河中相遇该有多好。这种期望无比浪漫，深深触动人心。

梦游天姥①吟留别

李白

海客谈瀛洲②，烟涛微茫信难求。越人语天姥，云霞③明灭或可睹。天姥连天向天横，势拔五岳掩赤城。天台四万八千丈，对此欲倒东南倾。我欲因④之梦吴越，一夜飞度镜湖月。湖月照我影，送我至剡溪⑤。谢公⑥宿处今尚在，渌水荡漾清猿啼。脚著谢公屐⑦，身登青云梯。半壁见海日，空中闻天鸡。千岩万转路不定,迷花倚石忽已暝⑧。熊咆龙吟殷岩泉,栗深林兮惊层巅。云青青⑨兮欲雨,水澹澹⑩兮生烟。列缺霹雳,丘峦崩摧。洞天石扉,訇然中开。青冥浩荡不见底,日月照耀金银台。霓为衣兮风为马,云之君兮纷纷而来下。虎鼓瑟兮鸾回车,仙之人兮列如麻。忽魂悸⑪以魄动,恍惊起而长嗟⑫。惟觉时⑬之枕席,失向来⑭之烟霞。世间行乐亦如此,古来万事东流水。别君去兮何时还?且放白鹿⑮青崖间,须行即骑访名山。安能摧眉⑯折腰事⑰权贵,使我不得开心颜!

注释

① 天姥:指天姥山,位于今浙江新昌境内。
② 瀛洲:古代神话传说中海上的三座仙山之一。
③ 云霞:彩霞。
④ 因:依据,根据。

⑤ 剡溪:位于今浙江嵊州境内的一条河流。
⑥ 谢公:指南朝诗人谢灵运。
⑦ 谢公屐:谢灵运特制的一种木屐,可用于登山。
⑧ 暝:形容天色昏暗。
⑨ 云青青:云色黑沉。
⑩ 澹澹:波纹起伏的样子。
⑪ 悸:惊悸。
⑫ 长嗟:长叹。
⑬ 觉时:从梦中醒来时。
⑭ 向来:原来。
⑮ 白鹿:神话传说中仙人骑坐的仙鹿。
⑯ 摧眉:低眉。
⑰ 事:服侍、侍奉。

赏析

　　这首著名的仙游诗意境雄奇,想象瑰丽,是李白的代表作之一。

　　诗开篇描述道,诗人曾听海外来客谈起传说中的瀛洲,可这神秘的瀛洲实在是难以寻觅;也曾听越人说起天姥山,山势雄伟,比天台山、赤城山都要高峻得多。

九至十二句中，诗人谈道，也许是受到越人这番说辞的影响，他在某天夜里梦到游览吴越，梦中，他轻盈的身影飞过明月映照下的镜湖、剡溪。

十三至三十四句，诗人用夸张浪漫的笔触描述了梦中的见闻。南朝诗人谢灵运当年居住的地方如今还在，那里山明水秀，四下回荡着猿啼。诗人脚上穿着谢公屐，攀登在陡峭的山路上。行至半山腰，空中突然传来天鸡报晓之声，他抬头一看，只见远处的海面上升起一轮红日。伴着温暖的日光，诗人穿行在山路间，四周重岩叠嶂，令诗人很快迷失方向，日头亦渐渐低沉。突然间电闪雷鸣，山间林泉震颤，海面上波涛汹涌，升起浓浓的烟雾。诗人环顾四周，发现居住在山间、云上的神仙纷纷现身在眼前，不禁又惊又喜。

三十五至四十句，诗人描述道，梦中的景象令他心跳如雷，不由得从梦中惊醒，这时他环顾四周，不由长叹一声，感慨人世间的欢乐也像刚刚梦中的幻境一样，稍纵即逝。

最后，诗人回归现实，表明志向：此次一别，我宁愿从此访山问水，在山水美景中了此一生，也不愿摧眉折腰事权贵。这也表现了诗人不畏权贵、豪放不羁的性格。

子夜吴歌·秋歌

李白

长安一片月,万户捣衣声。

秋风吹不尽,总是玉关①情。

何日平胡虏,良人②罢远征。

注释

① 玉关:指玉门关。
② 良人:古时妇女对丈夫的爱称。

赏析

李白所作《子夜吴歌》一共有四首,分别是《春歌》《夏歌》《秋歌》《冬歌》。这首《秋歌》描述的是长安城中的妇人在秋夜思念远在边关的丈夫,情感真挚,感人至深。

首二句中,诗人先写长安月色,由此引出响彻长安城中的捣衣声。捣衣是制寒衣的一道工序,古时,人们一般在秋季时赶制寒衣。诗人用城中此起彼伏的捣衣声写尽千家万户的现状:城中男子大多远征边塞,妇人则留守在家,于寂寞的秋夜为良人赶制寒衣。

三、四句情景交融,秋风阵阵,为远在边关的良人带去了城中妇人的思念与关怀。

末尾两句是思妇的祈盼:什么时候能平息胡虏之患?到那时,良人就再也不用远征边塞了。这种祈盼反映出底层百姓的朴实、善良,也表达了诗人对百姓命运的殷殷关切和深深祝福。

登金陵凤凰台

李白

凤凰台①上凤凰游,凤去台空江自流。

吴宫②花草埋幽径,晋代③衣冠④成古丘。

三山⑤半落青天外,二水⑥中分白鹭洲。

总为浮云能蔽日,长安不见使人愁。

注释

① 凤凰台:故址在今江苏省南京市凤凰山上。
② 吴宫:指三国时孙吴建都金陵,在此修筑的官殿。
③ 晋代:此处指东晋。
④ 衣冠:此处借指达官贵族。
⑤ 三山:山名,位于今南京西南。
⑥ 二水:指江水被白鹭洲分为两支。

赏析

这首七言律诗与崔颢的名诗《黄鹤楼》在结构、意境上颇有相似之处，令后人津津乐道不已。

诗开篇描述凤凰台的传说。相传南朝时，凤凰台上曾有凤凰来此栖息与悠游，如今早已不见凤凰的身影，六朝的繁华与绮丽也随风而逝，只剩下长江昼夜不停、沉默地奔涌向前。

三、四句承接上句，诗人继续感叹曾建都金陵的孙吴、东晋都已消失于历史中，那些华丽的宫殿都变成了断井残垣，那些名士也早已被埋入古丘，曾经的繁华热闹都变成一场空。

五、六句由历史转向眼前的美景，三山隐没在云雾中，无比巍峨壮丽，江水被白鹭洲拦截，形成"二水中分"的独特景观。

末尾两句中，诗人思绪飘远，由古都金陵想到千里之外的长安。"浮云蔽日"暗示着奸臣当道，诗人表达了对君主、朝政的担忧和自己报国无门的失望、愁闷心情。

金陵^①酒肆留别

李白

风吹柳花满店香,吴姬^②压酒劝客尝。
金陵子弟^③来相送,欲行不行各尽觞。
请君试问东流水,别意与之谁短长?

注释

① 金陵:今南京。
② 吴姬:吴地女子,这里指酒肆中的侍女。
③ 金陵子弟:指李白在金陵城中结交的朋友。

赏析

李白曾游览金陵,并在此地逗留了很长一段时间,后来离开金陵时,朋友在酒馆里设宴为他饯行,这首《金陵酒肆离别》所描述的正是这次别离的情景。

诗开篇描述了一幅酒馆春景图。春风卷起杨花,令杨花四处飞舞;酒馆里的侍女捧出美酒,游说客人品尝。

三、四句描述了一群金陵子弟为诗人送行的情形。大家畅饮美酒,互诉衷肠,诗人沉浸在这种氛围里,不舍得离开。

末尾两句情韵深长,在诗人看来,他与这群朋友间的离情别意甚至比东流的江水还要深、还要长。

这首诗虽写离别,但诗呈现的基调并不伤感,反而是昂扬向上的,给读者一种潇洒豪迈、情深意长之感。

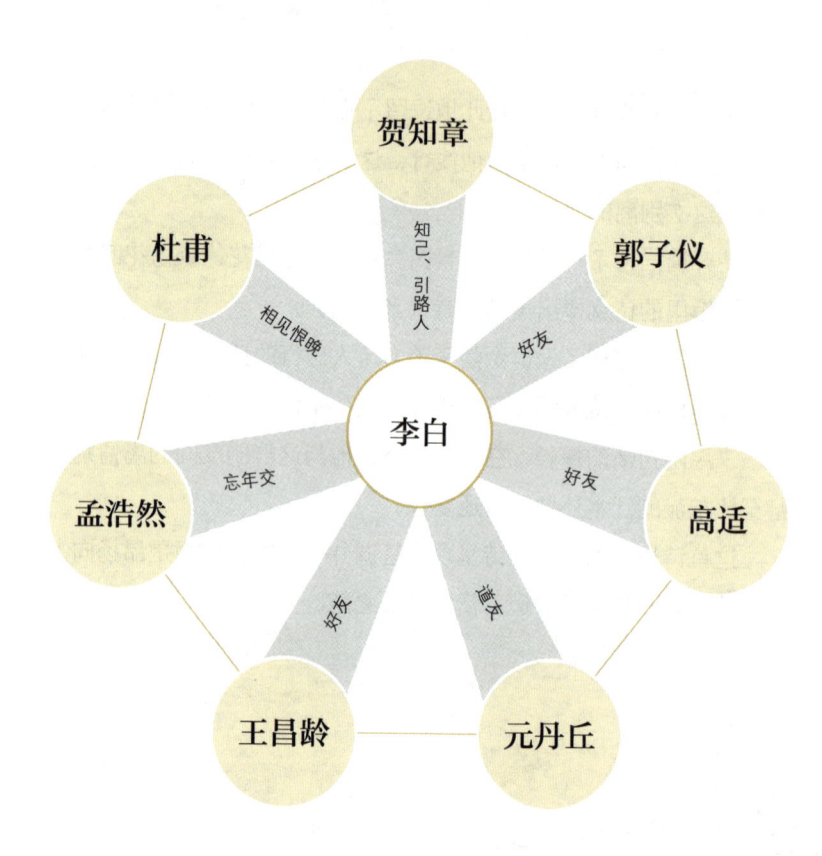

```
         贺知章
      知己、
杜甫   引路人   郭子仪
   相见恨晚    好友
          李白
   忘年交         好友
孟浩然              高适
      好友   挚友
    王昌龄    元丹丘
```

李白的朋友圈

王湾

王湾（生卒年不详），号为德，洛阳（今河南洛阳）人，唐代诗人。曾应科考，一举及第，授荥阳县主簿。后担任洛阳尉等职。其诗豪迈雄壮，意境开阔，在当时有着广泛的影响力，但诗作流传不多。

次①北固山②下

王湾

客路③青山④外,行舟绿水前。

潮平两岸阔,风正⑤一帆悬。

海日⑥生残夜,江春入旧年。

乡书⑦何处达?归雁洛阳边。

注释

① 次:有停泊之意。
② 北固山:位于今江苏省镇江市境内。
③ 客路:行客前行之路。
④ 青山:指北固山。
⑤ 风正:风顺。

⑥ 海日：海上升起的太阳。
⑦ 乡书：家信。

赏析

这首诗用语清丽，意境优美，是唐朝诗人王湾的名作。

首二句描述了诗人行舟所见。诗人乘坐的客船行驶在一片绿水上，两岸青山连绵不断，秀丽多姿。

三、四句描述了船行江上的情景。暮春时节，潮水上涨，使得江面与岸边齐平，视野也越发开阔；此时正是顺风，客船迎风行驶在平静阔大的江面上，迅捷无比。

五、六句描述了红日升起时的美丽景象。此二句为本诗名句，在当时广为流传。正当诗人欣赏两岸美景时，一轮红日从海面上冉冉升起，冲淡了残存的夜色，诗人望着红日，想到旧年尚未完全逝去，但海上已经展露勃勃春意，不由得感慨异常。羁旅漂泊之人对时序交替格外敏感，时光匆匆，已经多久没回家乡了呢？诗人想到此，内心涌起点点滴滴的伤感。

末尾两句，诗人直抒胸臆道，家书既已寄出，何时能被收到？希望北归的大雁能安全抵达洛阳。王湾是洛阳人，他自比大雁，体现了对家乡浓重的思念之情。

崔颢

崔颢（？—754年），汴州（今河南开封）人。唐开元年间中进士，先后担任太仆寺丞、司勋员外郎等职。崔颢文采过人，其诗风格多样，早期多作闺情诗，后期以边塞诗为主，诗风豪迈、奔放。崔颢最为著名的诗篇是《黄鹤楼》，据说李白都曾为之折服。

黄鹤楼①

崔颢

昔人②已乘黄鹤去,此地空余黄鹤楼。

黄鹤一去不复返,白云千载空悠悠③。

晴川历历④汉阳树,芳草萋萋⑤鹦鹉洲。

日暮乡关⑥何处是?烟波江上使人愁。

注释

① 黄鹤楼:古代名楼,故址在今湖北省武汉市境内。
② 昔人:指传说中在此地乘鹤飞升的仙人。
③ 悠悠:形容白云在天边飘荡的样子。
④ 历历:形容景物清晰分明。
⑤ 萋萋:形容草木生长茂盛的样子。
⑥ 乡关:家乡。

赏析

  黄鹤楼是古代名楼之一，流传着仙人在此乘鹤而去的传说。诗人崔颢游览黄鹤楼时，有感而发，作下这首千古名篇。

  诗的前四句先提到在此地广泛流传的传说，接着由这一传说故事发散开来，令人耳目一新。仙人、黄鹤的身影早已寻觅不见，只剩下白云在天边悠荡千年。这两句虚实结合，令诗人笔下美景与神话传说交相接替，一一浮现在读者眼前。

  五、六句描述了阳光下汉阳的树木高大茂盛，清晰可辨，鹦鹉洲上芳草萋萋，春意盎然。这两句诗中有画，意境优美，整体清朗和谐，极富色彩美和韵律美。

  末尾两句中诗人感慨道，如今天色渐晚，我的家乡在何方呢？这江面上的渺渺烟波真是让人烦忧。这两句由景入情，意境高妙。

  这首诗被誉为题咏黄鹤楼的绝唱，据说李白登临黄鹤楼时，读到题在墙上的崔颢的这首《黄鹤楼》，大为折服，赞道："眼前有景道不得，崔颢题诗在上头。"

［清］ 关槐 《黄鹤楼图》

张旭

张旭(生卒年不详),字伯高,一字季明,因曾任左率府长史,世称张长史,苏州吴郡(今江苏苏州)人,唐代书法家,尤擅草书。其诗以绝句较为出名,以情景交融、淡雅灵秀、挥洒自由的诗风为人所称道。

桃花溪①

张旭

隐隐飞桥隔野烟,石矶②西畔问渔船。

桃花尽日③随流水,洞在清溪何处边?

注释

① 桃花溪:位于今湖南省桃源县桃源山下的一条溪流。

② 石矶:水中或岸边凸起的石块。

③ 尽日:整日。

赏析

这首《桃花溪》是唐代书法家、诗人张旭的代表诗作之一。

诗开篇描绘了一幅远景图,深山野林中,云烟缥缈,一弯飞桥掩映在葱茏的树木间,若隐若现。"石矶西畔问渔船"一句将视野拉回近景,只见行驶在溪流上的渔船小心地避过水中露出的石头,离诗人越来越近,诗人站在岸边,向渔人问路。

三、四句是诗人见到的景象和询问的内容。只见那清澈的溪水上漂浮着片片落花,令诗人想起古文《桃花源记》中的记载,诗人不禁将眼前的渔人与《桃花源记》中的武陵渔人联系在一起,于是问渔人,进入桃花源的门洞在何处。

诗人此问满怀天真意趣,凸显了诗人对世外桃源的向往之情。全诗至此戛然而止,意境隽永,耐人寻味。

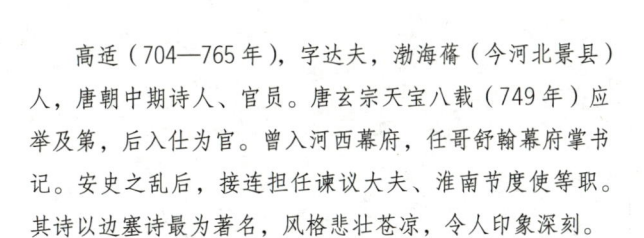

高适

高适（704—765年），字达夫，渤海蓨（今河北景县）人，唐朝中期诗人、官员。唐玄宗天宝八载（749年）应举及第，后入仕为官。曾入河西幕府，任哥舒翰幕府掌书记。安史之乱后，接连担任谏议大夫、淮南节度使等职。其诗以边塞诗最为著名，风格悲壮苍凉，令人印象深刻。

别董大①二首·其一

高适

千里黄云②白日曛③,北风吹雁雪纷纷。

莫愁前路无知己,天下谁人不识君?

注释

① 董大:一说是唐时"音乐圣手"董庭兰,一说是唐人董令望。
② 黄云:天上的云被落日照耀呈现暗黄色。
③ 曛:即熏黄色,指太阳落山时,天边昏黄的颜色。

> **赏析**

　　这首诗虽然是送别诗，意境却格外豪迈、开阔，令人印象深刻。

　　诗的前两句描写诗人与友人分别时的场景。落日时分，四处一片昏黄，北风呼啸，雪越下越大。"千里黄云""雪纷纷"等描写突出离别之景的苍凉、宏阔。

　　三、四句诗境一转，诗人掷地有声道，不要担心前路上没有知己，天下又有谁不识君呢？这话不只是说给友人听的，也是在安慰自己。诗人与友人都因此精神一振，是啊，前路再渺茫，也要满怀信心地踏上征途，继续去拼搏、去奋斗。只要不丧失奋斗的勇气，终有一天，他们这对老朋友会再重逢。

送李少府贬峡中[①]王少府贬长沙[②]

高适

嗟君此别意何如，驻马衔杯问谪居[③]。

巫峡啼猿数行泪，衡阳归雁几封书。

青枫江^④上秋帆远,白帝城边古木疏。

圣代即今多雨露,暂时分手莫踟蹰^⑤。

注释

① 峡中:今重庆市巫山县。
② 长沙:今湖南省长沙市。
③ 谪居:贬官后的住处。
④ 青枫江:水名,在长沙境内。
⑤ 踟蹰:犹豫不定、徘徊不前。

赏析

这首送别诗在高适的诗作中别具一格。首联以满怀关切的问句起笔:离别在即,不知道你们如今有着怎样的心绪?"驻马衔杯问谪居"一句描述了诗人与友人分别时的场景,诗人与友人下马后饮酒饯别，他反复问两位友人去往被贬之地后住在哪里。首联中字里行间透露出诗人对二位友人不幸遭遇的同情和关切。

颔联两句写李少府、王少府被贬之地峡中、衡阳路途之遥远、环境之荒僻，尤其是峡中地处荒凉，四处回荡着凄厉的猿啼，令闻者胆战心惊，进一步表达了诗人对友人的关心。

颈联中，诗人笔锋一转，先将衡阳的自然美景夸赞了一番，又着重描述峡中的名胜古迹白帝城。诗人为了宽慰李、王二少府，建议他们可通过游山玩水、拜访古迹的方式去排遣愁绪。

尾联中，诗人满怀信心地说，如今朝政清平，圣恩不断，此次分别只是暂时的，咱们不必为此过多伤感。全诗在此结束，情感真挚，哀而不伤，给予读者无限的联想。

燕歌行[①]（并序）

高适

开元二十六年，客有从元戎出塞而还者，作《燕歌行》以示适。感征戍之事，因而和焉。

汉家[②]烟尘在东北，汉将辞家破残[③]贼。

男儿本自重横行，天子非常赐颜色。

㧑④金伐鼓下榆关⑤,旌旗逶迤碣石间。

校尉羽书⑥飞瀚海,单于猎火照狼山。

山川萧条极⑦边土,胡骑凭陵杂风雨。

战士军前半死生,美人帐下犹歌舞。

大漠穷秋⑧塞草衰,孤城落日斗兵稀。

身当恩遇常轻敌,力尽关山未解围。

铁衣⑨远戍辛勤久,玉箸⑩应啼别离后。

少妇城南欲断肠,征人蓟北空回首。

边庭飘摇那可度,绝域苍茫更何有。

杀气三时作阵云,寒声一夜传刁斗。

相看白刃血纷纷,死节从来岂顾勋?

君不见沙场征战苦,至今犹忆李将军⑪。

注释

① 燕歌行:乐府旧题。

② 汉家：借指大唐。

③ 残：凶狠残暴。

④ 拟：撞击。

⑤ 榆关：指今山海关。

⑥ 羽书：指插有羽毛的紧急的文书。

⑦ 极：穷尽。

⑧ 穷秋：指深秋。

⑨ 铁衣：指兵将。

⑩ 玉箸：颜色晶莹透亮，似用玉做成的筷子。

⑪ 李将军：指西汉名将李广。

赏析

　　这首诗作于唐开元二十六年，诗人借用乐府旧题，用凝练的笔触描绘了一段战役的全过程，借此抒发对当下时事的感慨。

　　诗开篇写道，汉家边境突起战火，将士因此辞别家人赶往边塞对抗敌军。三至八句都在描述将士奉命出师的恢宏场景。

　　九到十六句描述激烈的战斗场景以及战败的结局。敌军兵强马壮，气焰嚣张，我军兵士不顾性命地上阵厮杀，一半都丧生在战场上。战况危急，后方主将的营帐中却传来美人的歌声。诗人用"战士军前半死生"与"美人帐下犹歌舞"作对比,揭示了主将的荒淫昏庸,而这正是这场战争失败的原因。

十七到二十六句将视野扩大至战场之外,进一步描述士兵之苦。兵士们忍受着恶劣的环境和与亲人、爱人分离的苦痛几年如一日地戍守边塞,他们的妻子在家中无一日不在为丈夫担惊受怕,思念至深处,常常忍不住啼哭。如今,那些被围困在险境中的士兵见己方败势已定,深知回家的希望越来越小,他们心中的绝望感也变得越来越重,可尽管如此,他们还是浴血奋战至最后一刻。

最后两句,诗人提起西汉名将李广,感慨这些视死如归的士兵倘若能遇到像李广一样英勇无畏、正直聪慧、体恤下属的主将,将是多么幸运的一件事。

全诗雄浑悲壮,大气磅礴,是唐代边塞诗中的名作之一。

刘长卿

刘长卿（约726—789或790年），字文房，宣城（今属安徽）人，一说河间（今属河北）人。少年时在嵩山读书，唐玄宗天宝八载（749年）登进士科。安史之乱后，曾避祸江南。至德年间因被诽谤入狱，后虽被赦免，却又接连遭贬。建中元年（780年）出任随州（今属湖北）刺史，世称刘随州。后弃官避乱。其诗擅长白描，用语简练，意境幽深，引人入胜，尤其擅长五言。

逢雪宿①芙蓉山主人

刘长卿

日暮苍②山远,天寒白屋③贫。

柴门闻犬吠,风雪夜归人。

注释

① 宿:投宿。
② 苍:指青黑色。
③ 白屋:朴素的屋子。

赏析

这首诗用语简练、朴实，意境隽永，韵味独特。

诗开篇描述了旅人行走在山道上的情景。傍晚时分，天色昏暗，一位旅人急匆匆地行走在山道上，想要去前方的"白屋"借宿。他身后的群山在夜色中变得苍黑一片，寒风呼啸，回荡在山谷间。

三、四句承接上文，写旅人投宿后发生的事情。当旅人在借宿的人家安顿下来后，将睡未睡之际，突然听见柴门外传来一阵犬吠声，原来是主人冒着风雪深夜归家。这两句诗重点描写的是声音，包括风声、雪花簌簌飘落的声音、犬吠声、柴门启闭之声、脚步声、家人的应答声等，诗人通过这些声音勾勒出一幅风雪夜归人图卷，令人生起无限遐思。

秋日登吴公台上寺远眺

刘长卿

古台摇落后,秋入望乡心。

野寺①来人少,云峰隔水深。

夕阳依旧垒②,寒磬满空林。

惆怅南朝③事,长江独自今。

注释

① 野寺:地处偏远的寺庙。
② 旧垒:指吴公台。
③ 南朝:指宋、齐、梁、陈四朝,它们都曾在金陵建都。

赏析

这首《秋日登吴公台上寺远眺》风格悲壮、荡气回肠，是刘长卿的代表诗作之一。

前六句描述诗人在草木凋零的秋季游览吴公台故址时的所见、所思、所感。诗人来到吴公台故址，只见昔日庄严华丽的吴公台已被山野寺庙所代替，夕阳西落，秋风呼号，秋叶飘零，四处一派荒凉，诗人不禁被眼前秋景勾起浓浓的乡愁。他听着回荡在山林中的山寺钟声，黯然神伤。

最后两句中，诗人的思绪飘到遥远的南朝，过往繁华的一切都已寂灭，只有那滔滔江水连绵不绝奔流至今。

唐代诗人登临古迹时，常常抚今追昔，并将丰富复杂的情感融进诗句中，创作出一首首杰作，本诗亦是如此。本诗景中含情，令人回味不尽，在登临怀古诗中占据着独特的地位。

送灵澈上人①

刘长卿

苍苍竹林寺,杳杳②钟声晚。

荷③笠带斜阳,青山独归远。

注释

① 灵澈上人:唐代时著名的诗僧。上人,是对僧人的尊称。
② 杳杳:隐约,依稀。
③ 荷:戴着。

赏析

这首诗语言精练朴素、含蓄淡远,是一首经典的山水诗。

诗的首二句描绘了一幅清远幽渺的竹林山寺图。夕阳如金,洒落在苍绿色的竹林小道上,远处的寺庙若隐若现,清风送来钟声,久久萦绕在山林间。这幅场景其实是诗人想象中的灵澈上人归寺的景象,用语精妙,诗中有画,极具艺术感染力。

三、四句写灵澈上人离别的情景。灵澈上人戴着斗笠,沐浴着夕阳余晖,独自踏上了归去的山道,诗人目送灵澈上人离开,只见对方的身影越来越远,逐渐消失在青山中。

此诗创作期间,刘长卿正处于人生低谷,灵澈上人也遭遇诸多问题,心情烦闷不堪,两人遭遇类似,品性相近,相知相惜。这首小诗正表达了刘长卿对灵澈上人真挚的情谊。

杜甫

杜甫（712—770年），字子美，自号少陵野老，被誉为"诗圣"。祖籍襄阳（在今湖北），出生于河南巩县（今河南巩义）。少年时期曾漫游吴越、齐赵，其间参加科考失利。后入长安做官，仕进之路上屡屡碰壁。安史之乱爆发后，杜甫为避祸乱，寓居四川，后又移居夔州、漂泊湖湘。杜甫虽一生郁郁不得志，但始终心系国家命运与民众安危，并作下多首经典诗篇表达忧国忧民的情怀。

望岳

杜甫

岱宗①夫如何？齐鲁②青未了③。

造化④钟神秀，阴阳割昏晓。

荡胸生层云，决眦入归鸟。

会当⑤凌绝顶，一览众山小。

注释

① 岱宗：指五岳之首泰山。
② 齐鲁：代指山东地区。
③ 未了：连绵不尽。
④ 造化：此处指大自然。
⑤ 会当：终当。

赏析

此诗作于杜甫青年时期,此时的杜甫意气风发,对未来充满雄心壮志。

首句以一个问句起笔,刻画出诗人游赏泰山的那种激动、惊喜的心情。"齐鲁青未了"是对"岱宗夫如何"的回答,泰山是如此的高大巍峨,哪怕走出齐鲁大地之外,还是能看清泰山苍翠的山色。如此远的距离还能看到泰山,烘托出泰山之高大雄伟。

三到六句具体描绘了泰山的壮观景象。大自然将巍峨与秀美都赋予了泰山,它遮天蔽日,山顶萦绕着层层白云,山峰都被植被覆盖,叽叽喳喳的鸟群在山林中飞进飞出……诗人努力睁大了双眼,想要将眼前的美景看个够,直到日暮时分,仍不舍得离去。

末尾两句为千古名句,诗人立于泰山脚下,豪气顿生,立誓要登到泰山顶上,"一览众山小"。

这首诗气势雄阔,充满浪漫主义气息,被誉为歌咏泰山的绝唱。

佳人

杜甫

绝代①有佳人,幽居在空谷。

自云良家子②,零落③依草木。

关中昔丧乱④,兄弟遭杀戮。

官高何足论,不得收骨肉⑤。

世情恶衰歇,万事随转烛。

夫婿轻薄儿,新人美如玉。

合昏⑥尚知时,鸳鸯不独宿。

但见新人笑,那闻旧人哭。

在山泉水清,出山泉水浊。

侍婢卖珠⑦回,牵萝补茅屋。

摘花不插发,采柏动盈掬。

天寒翠袖薄,日暮倚修竹⑧。

注释

① 绝代：空前绝后，冠绝当代。

② 良家子：出身清白人家的子女。多指女子。

③ 零落：飘零散落。

④ 丧乱：指安史之乱。

⑤ 骨肉：指遭到杀戮的兄弟。

⑥ 合昏：夜香木兰，具有清晨开放、晚上闭合的习性。在古诗中常被用来象征夫妻恩爱、婚姻美满。

⑦ 卖珠：指因生活贫困而变卖珠宝。

⑧ 修竹：修长的竹子。比喻佳人高洁的品行。

赏析

这首诗作于安史之乱爆发后的某一年，全诗情感含而不露，分外耐人寻味，是杜甫诗作中较为特别的一首。

一到八句描述佳人不幸的身世。诗人曾遇到一位风华绝代的美人，她说自己原本出身高门，然而安史之乱爆发后，她家中原本身居高位的兄弟都被乱军杀戮，连尸骨都无法收埋。此后，家门衰落，她亦流落在外。

九到十六句描述了佳人不幸的婚姻。佳人与丈夫成婚后，过了几年安稳生活。但好景不长，薄情寡义的丈夫爱上他人，无情地将她抛弃。她日夜啼哭，丈夫却充耳不闻，眼里只有新人的笑容。

十七到二十四句赞美佳人高洁的品行。佳人此后不得不居住在荒僻山野的茅屋中，为了维持生计，她让侍女变卖了珠宝，并亲自动手用藤萝修补茅屋破漏处，尽管生活贫困无依，佳人却变得越来越坚强，摘来的鲜花不用来插头，只钟爱翠柏，只因佳人再不愿意去取悦他人。她安贫自守，清心寡欲地过着"日暮倚修竹"的日子。

杜甫在此诗中刻画了一个命运坎坷、性格鲜明的女性形象，能够引起读者强烈的共鸣。

古柏行

杜甫

孔明庙①前有老柏，柯②如青铜根如石。

霜皮溜雨③四十围，黛色参天二千尺。

君臣已与时际会，树木犹为人爱惜。

云来气接巫峡长，月出寒通雪山白。

忆昨路绕锦亭东，先主④武侯同閟宫⑤。

崔嵬枝干郊原古，窈窕丹青户牖⑥空。

落落盘踞虽得地，冥冥孤高多烈风。

扶持自是神明力，正直原因造化功。

大厦如倾要梁栋，万牛回首丘山重。

不露文章世已惊，未辞翦伐谁能送。

苦心岂免容蝼蚁⑦，香叶终经宿鸾凤⑧。

志士幽人莫怨嗟，古来材大难为用。

注释

① 孔明庙：位于夔州（今重庆奉节）。

② 柯：树枝。

③ 霜皮溜雨：指树皮呈白色，无比光滑。

④ 先主：指刘备。

⑤ 閟宫：指祠庙。閟，指闭塞幽深。

⑥ 户牖：窗户。

⑦ 蝼蚁：喻指小人。

⑧ 鸾凤：喻指贤良之士。

赏析

　　这是一首借物咏怀诗，诗人借诗中歌咏的古柏来抒发郁郁不得志的情怀。

　　诗的前四句描写夔州孔明庙前有一棵古老的柏树，其粗壮高大，树皮光滑白净，树叶繁茂如伞，根茎遒劲有力。

　　五、六句点出树木高大、长势良好的原因，因为这棵古柏见证了刘备、诸葛亮之间的君臣情谊，所以受到世人的爱惜、保护。七、八句继续写古柏挺拔伟岸的形象和不凡的气势。

　　九到十六句，诗人由眼前夔州孔明庙前的古柏联想到成都武祠庙的古柏，不由感叹这两棵树都是由于刘备、诸葛亮这般伟大的历史人物而得到民众的关爱与照拂。

　　最后八句，诗人以古柏自喻，抒发命运坎坷、不被重用的郁愤难耐的心情。在诗人看来，大厦将倾，正是需要栋梁支撑的时候，然而古柏纵然不怕砍伐、有心救世，却没人重视它的心愿，没人真的将它采送出去从而得到重用。最后，诗人代替古往今来的怀才不遇者抒发心声，即"古来材大难为用"，字字恳切，令人感慨至深。

兵车行

杜甫

车辚辚①，马萧萧②，行人③弓箭各在腰。

耶娘妻子④走相送，尘埃不见咸阳桥。

牵衣顿足拦道哭，哭声直上干云霄。

道旁过者⑤问行人，行人但云点行频。

或从十五北防河，便至四十西营田⑥。

去时里正⑦与裹头，归来头白还戍边⑧。

边庭流血成海水，武皇⑨开边意未已。

君不闻汉家山东二百州，千村万落生荆杞。

纵有健妇把锄犁,禾生陇亩无东西。

况复秦兵耐苦战,被驱不异犬与鸡。

长者⑩虽有问,役夫敢申恨?

且如今年冬,未休关西卒。

县官急索租,租税从何出?

信知⑪生男恶,反是生女好。

生女犹得嫁比邻⑫,生男埋没随百草。

君不见,青海头,古来白骨无人收。

新鬼烦冤旧鬼哭,天阴雨湿声啾啾⑬。

注释

① 辚辚:车行的声音。
② 萧萧:马儿嘶鸣之声。
③ 行人:从军出行的将士。

④ 耶娘妻子：指从军出征将士的家人。耶，同"爷"。

⑤ 过者：指诗人自己。

⑥ 营田：屯田。不打仗时，士兵需要耕种以供军饷，称屯田。

⑦ 里正：里长，古代的乡官。

⑧ 戍边：守卫边疆。

⑨ 武皇：汉武帝，此处指代唐玄宗。

⑩ 长者：对年长者的尊称。此处是征夫对杜甫的称呼。

⑪ 信知：确实知道。

⑫ 比邻：同乡。

⑬ 啾啾：象声词，形容哭声凄厉。

赏析

此诗大约作于唐玄宗天宝年间，反映了民间百姓的艰苦生活，诗风质朴、雄浑，感人至深。

开篇描写诗人在行路途中所见到的征兵场面。大街上灰尘弥漫、战马嘶鸣，出征的士兵腰间挂着弓箭、排着队愁眉苦脸地向前走去。他们的家人出来相送，拦路痛哭，悲伤不已。

"道旁过者问行人，行人但云点行频"二句写的是路过此地的诗人通过询问得知当地征兵太过频繁，惹得民不聊生。从"或从十五北防河"至诗末,都在通过"行人"(某位征夫)之口,诉说战争的残酷、黎民百姓的艰辛。这些士兵往往十四五岁便被征入军中,四十岁又被派往河西去营田,当两鬓斑白归来时又被强行拉去戍守边疆。

说到最后,"行人"感叹,看来生儿不如生女好,女儿还能嫁到街坊四邻处,儿子却大概率会战死沙场,埋尸荒野。

《兵车行》在杜甫诗作中占据着重要的地位,杜甫在此诗中将矛头直指唐玄宗,批判唐玄宗好大喜功,一味穷兵黩武,让平民百姓生活在水深火热中。这首叙事诗全篇感情深沉、浓郁,字里行间都洋溢着杜甫对国家命运的担忧和对民众深深的同情与关爱。

观公孙大娘弟子[①]舞剑器[②]行(并序)

杜甫

大历二年[③]十月十九日,夔府别驾元持[④]宅,见临颍[⑤]李十二娘舞剑器,壮其蔚跂[⑥],问其所师[⑦],曰:"余公孙大娘弟子也。"开元三载,余尚童稚,记于郾城[⑧]观公孙氏舞剑器浑脱,浏漓顿挫,独出冠时[⑨]。自高头宜春、梨园二伎坊内人,洎外供奉,晓是舞者,圣文神武皇帝初,公孙一人而已。玉貌锦衣,况余白首,今兹弟子,亦匪盛颜。既辨其由来,知波澜莫二。抚事慷慨[10],聊为《剑器行》。往者吴人张旭,善草书帖,数常于邺县见公孙大娘舞西河剑器,自此草书长进。豪荡感激,即公孙可知矣。

昔有佳人公孙氏,一舞剑器动四方[11]。

观者如山色沮丧,天地为之[12]久低昂。

㸌[13]如羿射九日落,矫如群帝骖龙翔。

来[14]如雷霆收震怒,罢[15]如江海凝清光。

绛唇珠袖两寂寞,晚有弟子传芬芳。

临颍美人[16]在白帝,妙舞此曲神扬扬。

与余问答既有以,感时抚事增惋伤。

先帝侍女八千人,公孙剑器初第一。

五十年间似反掌,风尘[17]澒洞昏王室。

梨园弟子散如烟,女乐余姿映寒日。

金粟堆前木已拱,瞿塘石城草萧瑟。

玳筵急管曲复终,乐极哀来月东出。

老夫不知其所往,足茧荒山转愁疾。

注释

① 公孙大娘弟子：指公孙大娘的徒弟李十二娘。公孙大娘是唐玄宗时期的舞蹈名家。

② 剑器：唐时流行的一种舞曲。

③ 大历二年：公元767年。

④ 元持：人名，生卒年不详。

⑤ 临颍：县名，故址位于今河南临颍县西北一带。

⑥ 蔚跂：雄浑、矫健的样子。

⑦ 师：学习。

⑧ 郾（yǎn）城：县名，今河南省郾城区。

⑨ 冠时：在当时排第一。

⑩ 慷慨：形容激动的心情。

⑪ 动四方：轰动四方。

⑫ 之：指公孙大娘的舞蹈。

⑬ 燿：指光芒闪烁的样子。

⑭ 来：指公孙大娘的剑舞开场。

⑮ 罢：指剑舞收场。

⑯ 临颍美人：指李十二娘。

⑰ 风尘：此处指战乱。

赏析

由此诗序言可知，唐代宗大历二年（767年）的一次宴会上，杜甫看到李十二娘作《剑器》舞，想起他幼时曾亲眼看过公孙大娘惊艳的舞姿，如今已过去五十年，盛世不再，故人难寻，杜甫心中感伤不已，作下这首经典的《观公孙大娘弟子舞剑器行》。

诗的前八句，诗人回忆起自己幼年时观看公孙大娘作《剑器》舞的场景。公孙大娘每每舞蹈，围观的人无不全神贯注，生怕错过每一个精彩的瞬间，只见她手执宝剑，翩然起舞，如游龙惊鸿般美妙。她舞姿曼妙，身旁剑光璀璨，令人眼花缭乱。更令人惊叹的是，公孙大娘起舞时敏捷无比，犹如雷霆万钧，罢舞时轻松流畅，飘扬的裙角好似江海表面凝聚的波光。

九到十四句是过渡之语，诗人由回忆转至现实，引出公孙大娘的弟子李十二娘。诗人说，他与李十二娘谈论许久，心中的叹惋忧伤亦越来越深重。

十五句至二十句中，诗人抚今追昔，想当年唐玄宗身旁的歌姬舞女有八千多人，属公孙大娘的《剑器》舞最为有名，如今已过去了五十年，战乱令国运衰退、盛世凋零，如今梨园子弟散落如云烟，早已寻觅不见，李十二娘虽得公孙大娘的真传，舞姿出众，可惜生不逢时，只能将一身的才华白白埋没在这偏远之地。

末尾六句，诗人感叹道，五十年弹指一挥间，金粟山玄宗墓前的树木已长得粗壮高大，瞿塘峡白帝城中荒草丛生，如今老朽也流落在这偏僻之地，还不知前路究竟在何方。

这首诗气势雄浑悲壮，给人以震撼人心之感，历来为后人所称道。

春望

杜甫

国破①山河在，城春草木深②。

感时③花溅泪，恨别鸟惊心。

烽火④连三月，家书抵⑤万金。

白头搔更短，浑欲不胜簪⑥。

注释

① 国破：指长安在安史之乱中被安史叛军占领。国，指长安。破，沦陷。

② 草木深：形容长安城中草木丛生、荒凉的样子。
③ 感时：为动荡的时局而感伤。
④ 烽火：战乱。
⑤ 抵：值。
⑥ 不胜簪：无法插住簪子。

赏析

这首五言律诗是杜甫触景伤怀的作品，全诗对仗精巧，气度雄浑，情感含蓄、深邃，至今为人们所津津乐道。

诗开篇描写诗人的所见所感。长安陷落，虽然山河依旧，但早已不复往日繁华景象。此时的国都人烟稀少，荒草丛生，无比凄凉。

三、四句为本诗名句，此时正是春天，花香四溢，鸟儿鸣叫不休。这等美好的春景诗人却无心欣赏，他只要一想到国家的命运就揪心不已，看到花开反而要流泪，听到鸟鸣越发心惊胆战。

五、六句中，诗人叹息道，战火已延续了一整个春天，却仍然没有结束的迹象，自己在流亡途中被俘，和妻子、儿女失去了联系，此时若能收到亲人的家书，得知他们平安的消息，那该有多好啊。

诗人心中萦绕着国愁、家愁，内心痛苦不已，他用手搔发，只觉得头发稀少，连簪子都插不住了。诗末尾刻画出一个愁绪满怀、忧国忧民的诗人形象，令人印象深刻。

月夜忆舍弟①

杜甫

戍鼓②断③人行，边秋一雁声。

露从今夜白，月是故乡明。

有弟皆分散，无家问死生。

寄书长④不达，况乃⑤未休兵。

注释

① 舍弟：胞弟。杜甫有四个弟弟，分别是杜颖、杜观、杜丰、杜占。
② 戍鼓：戍楼上敲响的提醒人们宵禁的鼓声。

③ 断：截断。

④ 长：长时间，一直。

⑤ 况乃：何况。

赏析

此诗作于安史之乱期间，杜甫为避战乱，携妻带子客居秦州。这一时期他作了很多首思念离散的亲人、知己好友的诗，这首《月夜忆舍弟》就是其中比较经典的一首。

诗的前两句描述戍鼓声和秋雁之声，烘托出一派凄凉、萧瑟的氛围。"露从今夜白，月是故乡明"二句点明节气，亦融情于景。诗人望着挂在天边的明月，感叹道，从今夜就进入白露的节气，月亮高升，清辉如水，只见周围树叶、草尖都挂上了清露，令人顿生寒意。诗人望着明月出神，心中翻涌起浓浓的思乡之情。

五、六句中，诗人满怀沉痛地说道，他与几个弟弟因战乱离散，天各一方，如今家园俱毁，他与弟弟们相互间都不知道死生的消息。

末尾两句，诗人内心的沉痛未消，又升起一股无可奈何的悲凉。亲友离散四方，平时寄信常常都不能如期送到彼此手中，何况如今战乱仍然没有平息。全诗至此而止，言简义丰，令读者深切感受到诗人对胞弟的关心，对战乱早日平息的期盼。

天末怀李白

杜甫

凉风起天末①,君子②意如何?

鸿雁③几时到,江湖秋水多。

文章憎命达,魑魅④喜人过。

应共冤魂⑤语,投诗赠汨罗。

注释

① 天末:天的尽头。此处指的是诗人当时的居住之地秦州。"天末"一词突出秦州地处边塞,荒僻无比。
② 君子:指李白。
③ 鸿雁:喻指书信。
④ 魑魅:传说中的鬼怪。此处指对李白不幸遭遇幸灾乐祸的小人,说

明李白被流放是被陷害。

⑤ 冤魂：指愤而投江自证清白的屈原。

赏析

此诗作于杜甫客居秦州（今甘肃天水）期间，他得知挚友李白被流放夜郎的消息十分忧心，接连创下《天末怀李白》《梦李白》等作品表达对李白不幸遭遇的同情与愤慨。

诗开篇直抒胸臆，表达对李白的关心：最近秦州起了凉风，不知道你此刻心境如何。

三、四句中，诗人询问道：寄给彼此的书信何时能送到？接着又满怀担忧地感叹，只怕江湖秋水多风浪。

五、六句中，诗人进一步表达对挚友的担心：你才华横溢，却命途多舛，此次流放夜郎，必定是遭小人陷害。这二句中，诗人的语气颇为沉痛、悲愤，既是在为李白鸣不平，也表达了对天下才华出众却命途多舛的人深深的同情，同时也是一种自怜自叹。

末尾两句中，诗人将挚友比喻成投江自证清白的屈原，字里行间弥漫着激越的情感，十分具有感染力，可见杜甫与李白情谊至深。

旅夜书怀

杜甫

细草微风岸①,危樯②独夜舟。

星垂平野阔,月涌③大江流。

名岂文章著,官应老病休。

飘飘④何所似,天地一沙鸥。

注释

① 岸:指江岸。
② 樯:船桅杆。
③ 月涌:月光洒落在江面上,随江水流涌。
④ 飘飘:此处含有飘零之意。

赏析

此诗情感细腻、深沉含蓄,情景交融,历来为人所称道。

诗开篇描绘出一幅氛围幽静、凄清的"旅夜图"。清风悄无声息地拂过江岸,岸边的青草在风中前仰后合,小船竖起高高的桅杆,沉默地停泊在江面上。

"星垂平野阔,月涌大江流"二句着重刻画远景。璀璨的繁星低挂在原野上空,让原野更显平坦、空旷、广袤无垠,月亮的清辉洒落在江面上,随着江水奔涌向前。此二句意境开阔、邈远,令人印象深刻。

五、六句中,诗人自叹,我这点名声难道都是因文才出众而来的吗?如今年老多病,也该退隐山居了。

末尾两句,诗人听着滔滔江水声,孤独感瞬间涌上心头。想他漂泊半生,哪怕此刻亦前途未定,仿佛这茫茫天地间的一只沙鸥。诗人即景自况,令人无限感伤。

蜀相①

杜甫

丞相祠堂②何处寻?锦官城外柏森森③。

映阶碧草自春色,隔叶黄鹂空好音。

三顾④频烦天下计,两朝开济⑤老臣心。

出师未捷身先死,长使英雄泪满襟。

注释

① 蜀相:指诸葛亮。
② 丞相祠堂:即诸葛武侯祠,位于今四川成都。
③ 森森:树木枝繁叶茂的样子。
④ 三顾:指刘备三顾茅庐请诸葛亮出山的历史典故。
⑤ 两朝开济:指诸葛亮助刘备建立蜀国,刘备去世后,又辅佐刘禅。

［明］ 戴进 《三顾草庐图》（局部）

杜甫给这些朋友写过诗

- 高适 《寄高三十五詹事》
- 王季友 《可叹》
- 韦济 《奉赠韦左丞丈二十二韵》
- 卫八 《赠卫八处士》
- 赞公 《宿赞公房》
- 郑虔 《陪郑广文游何将军山林十首》
- 严武 《奉济驿重送严公四韵》
- 李白 《天末怀李白》

中心：杜甫

赏析

此诗由历史延伸至现实,全篇沉郁顿挫,一咏三叹,堪称歌咏千古丞相诸葛亮的绝唱。

诗首联以问句起笔:诸葛丞相的祠堂从何处寻觅?"锦官城外柏森森"一句是对开篇问句的回答:就在成都郊外的翠柏深处。

三、四句描写成都郊外武侯祠的景色。森森绿草映照着台阶,黄鹂鸟自顾自地啼鸣个不休,四处一派春意盎然。"自""空"又突出此处的荒无人烟,给人一种静谧、肃穆之感。

五、六句概括诸葛亮的生平事迹,赞颂其功绩,表达了诗人对一代蜀相的敬仰之情及对诸葛亮能得明主赏识、尽情发挥才能的羡慕之情。

末尾两句,诗人笔锋一转,写到诸葛亮的遗憾——"出师未捷身先死"。诸葛亮病死军中大业未成的结局让诗人扼腕叹息,同时也引起古往今来所有壮志未酬的人们的同感。

客至

杜甫

舍①南舍北皆春水,但见群鸥日日来。

花径②不曾缘客扫,蓬门今始为君开。

盘飧市远无兼味③,樽酒家贫只旧醅。

肯④与邻翁相对饮,隔篱呼取尽余杯⑤。

注释

① 舍:屋舍。
② 花径:花草繁茂的小径。
③ 兼味:丰富的菜肴。
④ 肯:能否。
⑤ 余杯:余下来的酒。

赏析

此诗作于杜甫在成都的浣花草堂落成之后，通篇用语朴素，情感真挚，体现了诗人此刻恬淡闲适、怡然自得的心境。

诗开篇描绘了一幅生机盎然的春景图。诗人居住的草堂环境幽静，只见屋舍南北皆环绕着绿水，群鸥日日结伴来此嬉闹。

颔联突出了诗人期盼客人拜访的心情。诗人听说客人将来拜访，不由得喜出望外，他早早地将草堂前洒满落花的小径打扫干净，并打开柴门，不时翘首以盼，希望客人的身影早点出现在柴门处。

颈联写诗人倾尽全力招待客人，虽然没有丰富的美酒佳肴，只有一些普通的蔬菜、自家酿的陈酒，但席间气氛热烈而美好，宾主尽欢。

尾联中，诗人似乎是不尽兴，他笑意盈盈地问客人，要不请邻家老翁过来同我们一起饮酒？这一描写细腻逼真，洋溢着浓烈的生活气息，既突出了席间热烈的氛围，又体现了和谐、融洽的邻里关系，令读者对诗人在成都浣花草堂的隐逸生活产生无限遐想。

野望

杜甫

西山①白雪三城②戍,南浦③清江④万里桥。

海内风尘⑤诸弟隔,天涯涕泪一身遥。

惟将迟暮供多病,未有涓埃答圣朝。

跨马出郊时极目⑥,不堪人事日萧条。

注释

① 西山:在成都西。
② 三城:指松、维、保三州,唐时为蜀边要镇,时常遭到吐蕃的侵扰。
③ 南浦:南郊水滨。
④ 清江:即锦江。
⑤ 风尘:指战乱。
⑥ 极目:纵目远眺。

赏析

这首诗作于唐肃宗上元二年（761年）杜甫旅居成都时，当时他年迈多病，处境艰难。而国家局势动荡，战乱未平。某次跃马出郊后，杜甫心有所感，作下此诗抒发对国家命运的担心，以及对自己未来的担忧。

首联描述诗人在郊外极目远眺所看到的场景。西山主峰白雪皑皑，三城皆列兵戍守，南浦清江上架起万里长桥。

颔联、颈联中，诗人抒发了由"野望"所带来的对国家现状、对自身处境的焦虑与担忧。战火连绵不断，诗人与诸弟分隔天涯，他将一腔抱负、一身才华都浪费在荒野中，眼看已年过五十，却仍然没有丝毫功绩报效国家，这种种现实令他愧疚不已、焦虑不堪。

尾联中，诗人提到，他此次跨马出郊原本是为了散心，然而此行后，他的心情反而越发沉重、悲伤，对未来也越发迷惘。

这首《野望》用语朴实，情感浓烈、深沉，是一首不可多得的杰作。元朝诗人方回赞曰："此格律高耸，意气悲壮。唐人无能及之者。"

闻官军收河南河北

杜甫

剑外①忽传收蓟北②,初闻涕泪满衣裳。
却看妻子愁何在,漫卷③诗书喜欲狂。
白日放歌须④纵酒,青春⑤作伴好还乡。
即从巴峡穿巫峡,便下襄阳向洛阳。

注释

① 剑外:剑门关之外,此处指蜀地。
② 蓟北:泛指蓟州一带,此处曾是安史叛军的根据地。
③ 漫卷:信手卷起。
④ 须:应当。
⑤ 青春:指明媚的春景。

赏析

唐代宗广德元年（763年）春天，杜甫突然听到安史之乱宣告结束的消息，不由得喜不自胜，感慨万分。激动之余，他作下这首经典的《闻官军收河南河北》。

诗开篇即点明此诗创作缘由——"剑外忽传收蓟北"。一个"忽"字，突出了消息的突然。诗人在外漂泊多年，突然听到这一捷报，激动得"涕泪满衣裳"。

颔联进一步描写诗人及家人喜出望外的心情。诗人回头看妻子、儿女，只见他们脸上的愁容早已被笑容所代替，诗人亦迫不及待地收拾起诗书，整理行囊，盼着即刻踏上归乡的旅程。

颈联、尾联中，诗人越想越兴奋，一边饮酒庆贺，一边放声高唱。若能伴着这明媚的春光回归家乡，那真是人生美事！恍惚间，诗人仿佛已经坐上了归乡的小船，小船航行在江面上，迅捷无比，带着诗人从巴峡穿过巫峡，经过襄阳，直奔洛阳。

这首诗情感热烈奔放，将诗人闻听捷报时激动、喜悦的心情展现得淋漓尽致，是传诵千古的名篇。

登高[1]

杜甫

风急天高猿啸哀,渚[2]清沙白鸟飞回。

无边落木萧萧下,不尽长江滚滚来。

万里悲秋常作客[3],百年多病独登台。

艰难苦恨繁霜鬓[4],潦倒[5]新停浊酒杯。

注释

[1] 登高:指重阳节登高。
[2] 渚:水中小洲。
[3] 常作客:长期旅居他乡。
[4] 繁霜鬓:此处指白发增多。
[5] 潦倒:此处诗人自指年迈多病,颓丧失意。

赏析

唐代宗大历二年（767年），杜甫寓居夔州。这一年的重阳节，杜甫拖着病体登临夔州白帝城外的高台，他被眼前肃杀的秋景触动情怀，遂作下《登高》一诗。

诗首联、颔联描述诗人登高时所见到的景色。秋风呼啸，猿声凄厉，回荡四野，鸟群在水面上回旋低飞；风卷起黄叶，萧萧而落，不远处，长江浩浩荡荡，奔涌向前。

颈联中，诗人由写景转向抒情，他感叹自己命途多舛，屡屡漂泊无依，晚年还要沦落他乡。"常""独"刻画出诗人内心的孤独与悲痛，而这种孤独与挫败感仿若滔滔江水连绵不尽。

尾联中，诗人进一步描述自己的愁绪，此时的他，年老多病，困苦潦倒，处境无比艰难。自身的遭遇固然让他痛苦，但国家动荡的现状更让他牵挂于心、忧思不已。另外，诗人因为病重，只能戒酒，这也令他无法借酒消愁，心中愁绪堆积，令他痛苦不已。

这首《登高》气象雄浑、沉郁悲壮，是杜甫的代表作之一。清代杨伦曾高度赞誉道："高浑一气，古今独步，当为杜集七言律诗第一。"

岑参

岑参（715—770年），原籍南阳（今属河南），后移居荆州江陵（今湖北荆州）。岑参出身官宦世家，唐玄宗天宝三年（744年）登进士科，后入朝为官。曾几度出使塞外，对边塞生活有着深刻的体会。其诗以边塞诗最为有名，风格豪迈激越，昂扬奔放，富有浪漫主义特色。与盛唐时另一位著名的边塞诗人高适并称"高岑"。

白雪歌送武判官归京

岑参

北风卷地白草①折,胡天八月即飞雪。

忽如一夜春风来,千树万树梨花开。

散入珠帘湿罗幕,狐裘②不暖锦衾薄。

将军角弓不得控③,都护铁衣④冷难着。

瀚海⑤阑干⑥百丈冰,愁云惨淡万里凝。

中军⑦置酒饮归客,胡琴琵琶与羌笛。

纷纷暮雪下辕门⑧,风掣红旗冻不翻。

轮台东门送君去,去时雪满天山路。

山回路转不见君,雪上空⑨留马行处。

注释

① 白草：西北当地的一种野草，入秋后变得白而干枯。
② 狐裘：狐皮裘衣。
③ 不得控：指拉不开弓。
④ 铁衣：铠甲。
⑤ 瀚海：沙漠。
⑥ 阑干：纵横交错的样子。
⑦ 中军：主帅的营帐。
⑧ 辕门：军营之门。
⑨ 空：只。

赏析

　　唐玄宗天宝年间，岑参曾被派往西北轮台驻军。在这首《白雪歌送武判官归京》中，岑参如实记录了自己的边塞生活。

　　诗开篇点明季节，描述了某日晨起时所看到的奇丽雪景。在西北边塞，八月便刮起了北风，飘起了白雪。诗人当时目不转睛地欣赏着随风飘舞的雪花，内心称奇不已。

　　三至八句描写雪景和降雪时的奇寒。雪花飞舞在天地间，就好像春风吹开了千万朵梨花，随着雪越下越大，天地间也变得越发寒冷，穿着狐皮裘衣、盖着被子仍然冻得瑟瑟发抖，将军手冷得拉不开弓箭，都护的铠甲冻得难以穿上。

　　九、十句继续描写西北地区雄阔壮丽的雪景，广袤无垠的沙漠结成了百丈坚冰，浓重的阴云低垂在天边。

　　十一、十二句描写军中饯别宴会上众人开怀畅饮的热闹景象。

　　末尾六句描述送别场景。诗人在傍晚时分送武判官归去，雪越下越大，他们相互告别后，诗人盯着雪上的马蹄印记，心中默念着对友人的祝福。"空留马行处"的描述虽平淡质朴，却让人觉得意味无穷。

　　这首《白雪歌送武判官归京》整体慷慨雄壮，展现了艰苦的边塞生活和边塞将士之间深厚而真挚的情谊。

逢[①]入京使[②]

岑参

故园[③]东望路漫漫，双袖龙钟[④]泪不干。

马上相逢无纸笔，凭[⑤]君传语报平安。

注释

① 逢：遇见。
② 入京使：进京的使者。
③ 故园：指长安。
④ 龙钟：涕泪横流的样子。
⑤ 凭：托。

赏析

此诗作于岑参首次远赴西域途中，诗中弥漫着浓烈的思乡之情，触动人心。

诗开篇提及"故园"，表现了诗人对长安及身处长安的亲人、好友的思念。"路漫漫"一词则突出了旅途的漫长、颠沛流离。诗人想起往日的一切，眼泪立马止不住地奔涌而出，他不停地举袖拭泪，心中生出无限凄凉。

三、四句中，诗人提到，他在西行途中遇到一位"入京使"，激动不已，两人在马上匆匆交谈，简单叙旧之后，他拜托对方为自己带一封书信给家人，可惜四处寻不见纸笔，无奈之下，只得"传语报平安"。

这首诗语言质朴、不事雕琢，却自有一股豪迈的气概和感人至深的思乡情怀，在岑参的诗作中地位独特。

刘方平

刘方平（生卒年不详），洛阳（今河南洛阳）人，唐玄宗天宝年间的诗人、画家、隐士，终生未入朝为官。与同时期的诗人皇甫冉、元德秀、李颀等人性情相近，志趣相投，互相酬唱，引为知己。其诗多咏物写景，表现闺怨、乡思，诗风平易，用语朴素却意蕴深刻。

月夜

刘方平

更深①月色半人家,北斗②阑干南斗③斜。
今夜偏知春气暖,虫声新透④绿窗纱。

注释

① 更深:指夜深。
② 北斗:即北斗七星。
③ 南斗:星名,有星六颗,在北斗星以南。
④ 新透:第一次透过。

赏析

这首诗用语清新,意境朦胧,是描写月夜的佳作。

诗开篇描绘了月夜的静谧和幽美。宁静的月夜,农舍一半沐浴在月亮洒下的清辉中,一半隐没在浓黑的夜色里,天幕上繁星点点,随着夜越来越深,北斗和南斗都渐渐横斜。

三、四句描述道,诗人从绿窗纱外传来的虫鸣之声感受到春天的降临。此二句以清脆悦耳的虫鸣之声凸显月夜的静谧,让人感受到春夜的潮湿与温暖,同时虫鸣之声也象征着涌动的生命力,字里行间都透露出诗人喜悦的心情。"偏知""新透"等描述巧妙地点出季节变化,给人一种耳目一新之感,令读者沉浸在此诗渲染的氛围中,不自觉地产生关于月夜的联想。

春怨

刘方平

纱窗日落渐黄昏,金屋①无人见泪痕。

寂寞空庭②春欲晚,梨花满地不开门。

注释

① 金屋：指华丽的宫室。借用汉武帝"金屋藏娇"的典故。
② 空庭：幽静的庭院。

赏析

  这是一首经典的宫怨诗。诗开篇描述道，黄昏时分，落日余晖透过纱窗洒在地面，星星点点，而宫室内的人正在默默流泪，因为此处许久没有人来过，所以也没有人能看见她脸上的泪痕。"无人"二字更突出这种寂寞、凄清的氛围。

  三、四句呼应诗题，体现宫人内心的孤独、愁怨。寂静无人的庭院里，春风吹落一地梨花，宫苑的大门却紧紧关闭，只听见内室传来低低的幽咽声。庭院内残花堆积，春色渐渐逝去，宫室内的人也正渐渐老去，正如春色无人欣赏一般，她的心事亦无人关心。

  这首《春怨》情感细腻，刻画出一位满怀凄楚的宫人形象，是刘方平的代表诗作之一。

张继

张继（？—约779年），字懿孙，襄州（今湖北襄阳）人。唐玄宗天宝十二载（753年）进士及第。曾入朝为官，清廉守正，颇受百姓爱戴。其诗风格清朗，不事雕琢，比兴幽深，意境隽永，其中以《枫桥夜泊》最为著名，传唱至今。

枫桥①夜泊

张继

月落乌啼霜满天,江枫渔火②对愁眠。

姑苏③城外寒山寺④,夜半钟声到客船。

注释

① 枫桥:桥名,位于今江苏省苏州市境内。
② 渔火:渔船上亮起的灯火。
③ 姑苏:指苏州。
④ 寒山寺:寺名,据说在苏州城外。

赏析

安史之乱后,张继随其他文人一起,逃往江南避乱,据说正是在此期间,张继作下此诗。

诗开篇描绘了一幅宁静浪漫的夜景图。夜半时分,月牙沉落,光芒渐敛,远处栖息在树上的乌鸦不时发出啼鸣,空气中凝结着层层寒霜,寒气包围着诗人夜宿的渔船,只见他愁对渔火,迟迟无法入眠。

三、四句中,诗人着重描述了姑苏城外寒山寺中传来的阵阵钟声,这钟声如此悠远,愈发衬托出夜半的静谧。诗人听着钟声,沉浸在这种幽静的氛围里,心中感慨万分。

这首《枫桥夜泊》情景交织、意境空灵,堪称千古绝唱。

韩翃

韩翃(生卒年不详),字君平,南阳(今属河南)人,唐代诗人、官员。韩翃俊美多才,与钱起、卢纶、李端等人合称"大历十才子"。曾因诗作《寒食》而被唐德宗赏识,被钦点为中书舍人。韩翃与妻子柳氏悲欢离合的经历也是广为流传的动人故事。

寒食①

韩翃

春城②无处不飞花,寒食东风御柳③斜。

日暮汉宫④传蜡烛⑤,轻烟散入五侯⑥家。

注释

① 寒食:我国传统节日,在清明节前两天,民间有禁火、只吃冷食的习俗,故名寒食。
② 春城:暮春时节的长安城。
③ 御柳:皇宫中种植的柳树。
④ 汉宫:这里指唐长安城中的皇宫。
⑤ 传蜡烛:寒食节,民间禁火,王公贵族得到皇帝特许可在夜晚点燃蜡烛。
⑥ 五侯:汉成帝时,皇后的五个兄弟皆封侯,备受恩宠。这里指帝王宠臣。

赏析

  这首诗描写了唐朝时期寒食节民间与宫廷的节日生活。

  首二句写长安城的日景。晚春时节，东风骤起，长安城中的落花被风吹得到处飞舞，寒食节的风吹过城墙，进入宫苑，吹斜了宫中的柳树。

  末二句写长安城的夜景。傍晚时分，因寒食禁火，长安城中一片漆黑，只有皇宫中正忙着传递和点燃蜡烛，这是皇家的特权，帝王宠臣的家中也有袅袅烟火升起，这是因为他们得到了皇帝允许点燃烛火的恩宠。

  寒食节是我国传统节日，禁火习俗源远流长，这一天，民间百姓禁火，但宫中、王侯家却例外，因此本诗不仅是在描写节日景象，也具有一定的反讽意味。

[唐] 阎立本 《步辇图》

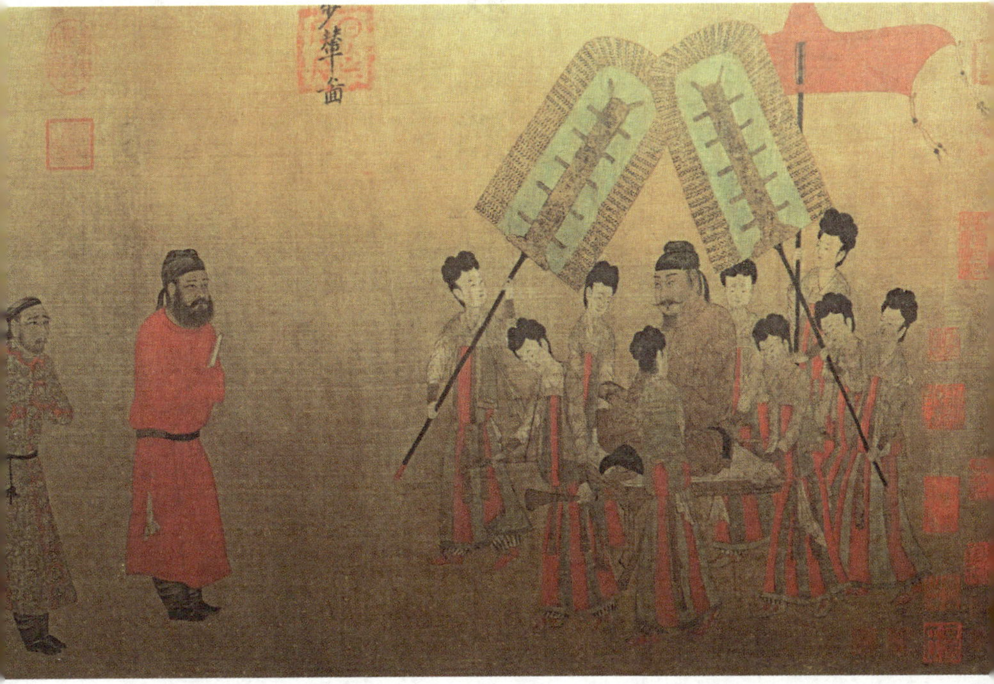

皎然

皎然（730—799年），字清昼，俗姓谢，为南北朝时期谢灵运十世孙，湖州（今浙江省湖州市）人，唐代僧人、诗人。皎然是唐朝诗僧，曾与高僧灵澈、茶圣陆羽等同居妙喜寺，多创作送别诗、山水诗，诗风清丽淡雅，在佛学、茶道方面也有极高的造诣。

寻陆鸿渐①不遇

皎然

移家虽带②郭,野径入桑麻。

近种篱边菊,秋来未著花③。

扣门无犬吠,欲去问西家④。

报道⑤山中去,归时每日斜。

注释

① 陆鸿渐:即茶圣陆羽,一生不入仕途,是诗人的好友。
② 带:靠近。
③ 著花:开花。
④ 西家:西边的邻居。
⑤ 报道:回答道。

赏析

诗人去山中访友,恰逢好友出门不在家,于是诗人便写诗记录了这件事。

首四句写友人新居所的环境。友人将家搬到靠近城墙的地方,沿着乡间小路一直走,在桑麻的深处。友人的院落篱笆旁种满了菊花,秋天已经到了,菊花却还没有开放。

末四句写访友不遇的经过。诗人来到友人院门外敲门,听不见院中犬吠,也无人应答,于是问了友人的邻居,邻居说友人每日都到山中去,到了夕阳西斜才回来。

从本诗描写的环境和从邻居处打听到的情况来看,陆羽住在郊外田野深处,居无车马喧,还可采菊篱下,每日畅游山水不知归,可见陆羽的生活是多么悠闲自在。诗人没有从正面写陆羽,而是从侧面描绘出陆羽的闲情逸致、生性洒脱,让人读来别有一番韵味。

戴叔伦

戴叔伦（732—789年），字幼公，润州金坛（今江苏常州）人，唐代诗人。戴叔伦出身隐士之家，年少扬名，为官清明，勤政爱民，后因病辞官返乡，卒于途中。戴叔伦的诗题材广泛，涉及社会生活的方方面面，除了写诗，戴叔伦还热衷于诗学理论研究，曾著有《诗论》，可惜已失传。

兰溪①棹歌②

戴叔伦

凉月③如眉挂柳湾,越④中山色镜中看。

兰溪三日桃花雨,半夜鲤鱼来上滩。

注释

① 兰溪:兰溪江,浙江富春江上游的一个支流。
② 棹歌:渔夫唱的歌。
③ 凉月:新月。
④ 越:古越国所在地,这里指浙江一带。

赏析

戴叔伦曾任职于距离兰溪不远的东阳（今属浙江），推测其曾游览兰溪风光而作此诗。

这是一首模仿渔夫们唱的船歌作的诗，描写了雨后的兰溪美景和渔夫打鱼的欢快场景，描绘了一幅清新自然、富有生气的春日月夜打鱼图。

首二句写景。植满柳树的江湾上空，高高地悬挂着一轮新月，溪水平静得像是一面镜子，山的轮廓和山的翠色倒映在水中，看上去秀丽动人。

末二句写情。阳春三月正是桃花盛开的时节，一场春雨过后，花瓣同雨滴一同落到溪水中，兰溪上飘了无数的花瓣，溪水也因为增添了雨水而变得鲜活，夜半时分，鱼儿们争相感受着活水而变得异常活跃，常常靠近浅滩或跃出水面，这正是渔夫们撒网打鱼的好时候。

该诗用语清新，想象丰富，生趣盎然，可见诗人对景物观察非常细致，非常富有生活经验。

韦应物

韦应物（生卒年不详），字义博，世称韦苏州、韦左司、韦江州，京兆杜陵（今陕西西安）人，唐朝诗人、官员。韦应物出身官宦世家，少年时期曾为唐玄宗近侍，狂放不羁，安史之乱后发奋读书，后进士及第，曾任滁州、江州、苏州刺史。韦应物擅长写山水田园诗，风格自然闲适，五言诗成就最高，有"五言长城"之誉。

滁州①西涧②

韦应物

独怜③幽草涧边生,上有黄鹂深④树鸣。

春潮⑤带雨晚来急,野渡无人舟自横⑥。

注释

① 滁州:今安徽滁州。
② 西涧:滁州城西的一条河。涧,水沟、小河。
③ 独怜:唯独喜爱。
④ 深:茂密。
⑤ 春潮:春天的潮汐。
⑥ 横:指船不规整地漂在水面上。

赏析

再寻常不过的场景,在诗人的眼中也变得与众不同、别有韵味,并能生出许多情绪。

本诗通篇写景,低处的小草、高处的黄鹂、傍晚的骤雨、江边的小舟,这些不起眼的事物,诗人都能注意到,并且把它们写进诗里,构成独立而连贯的画面。

诗人非常怜爱涧边生长的幽草,忍不住多看几眼,远处茂密的树林里传来黄鹂的啼叫声,诗人的视线从脚下移到头顶上方,然后又将视线放平,注意到了江面上的春雨,傍晚河水涨潮,伴着突然而至的春雨使得水流湍急,这郊野的小河上早就没有船家了,只有小船歪歪斜斜地漂在水面上。

景物是带有情感的,正如本诗中的小草、黄鹂、春潮、春雨、郊野渡口、随风漂浮的小船,给人以无奈、孤独、落寞、无归属的感觉,传递出诗人仕途不顺的忧伤。

简①卢陟②

韦应物

可怜白雪曲③,未遇知音人。

恓惶④戎旅⑤下,蹉跎淮海滨。

涧树含⑥朝雨,山鸟哢⑦馀春。

我有一瓢酒,可以慰风尘⑧。

注释

① 简:书信,这里是指寄信给卢陟。
② 卢陟:人名,韦应物的外甥。
③ 白雪曲:引用战国·楚·宋玉《对楚王问》中的"阳春白雪",原指当时楚国的高雅音乐,引申为高深莫测、不容易被理解的音乐或艺术。
④ 恓惶:仓皇、烦恼不安。
⑤ 戎旅:军队。

⑥含：饱含，这里指树叶沾满雨水和露水。
⑦哢：鸟儿的鸣叫声。
⑧风尘：长途跋涉的艰辛。

赏析

这是一首饱含人生感悟的诗，表达了诗人的漂泊之苦和知音难觅的落寞之情。

首四句写知己难遇。诗人一生如曲高和寡的阳春白雪曲，没有人能理解、欣赏；知音少，情怀无处诉说，只能在焦虑不安的军旅（亦暗喻人生旅途）中继续徘徊，岁月蹉跎，如今仍无坚定的目标和去向，只能在淮海之滨失意着、落魄着。

五、六句写眼前景色。涧树的树叶上沾满了清晨的雨露，山中的鸟儿在悲啼春天就要离开。表面写景，实则还是写诗人对时光飞逝自己却毫无作为的无力感、失落感。

末二句"我有一瓢酒，可以慰风尘"为经典名句，诗人用手中的酒来告慰自己一路走来的艰辛。诗人借酒浇愁，看似洒脱，实则充满无奈。

结合诗作的创作背景，时值安史之乱刚刚结束不久，个人无法施展抱负，国家各地战乱未平，个人的人生走向与国家的发展不知何去何从，这些都是使诗人感到失落无助的原因。

卢纶

卢纶（739—799年），字允言，河中蒲州（今山西永济）人，唐代诗人、官员。卢纶出身名门，青年时期逢安史之乱，寓居各地，既作有唱和、赠答之诗，也写有一些反映战乱下的社会百态的诗，诗名远传，交友广泛，是"大历十才子"之一。

晚次①鄂州②

卢纶

云开远见汉阳城③,犹是孤帆一日程。

估客④昼眠知浪静,舟人⑤夜语觉潮生。

三湘⑥衰鬓逢秋色,万里归心对月明。

旧业已随征战⑦尽,更堪江上鼓鼙⑧声。

注释

① 次:到达。
② 鄂州:今湖北武昌。
③ 汉阳城:今湖北汉阳。
④ 估客:商客。
⑤ 舟人:船夫。

⑥ 三湘：湘江的三条支流漓湘、潇湘、蒸湘的总称，这里泛指汉阳、鄂州一带。
⑦ 征战：指安史之乱。
⑧ 鼓鼙：军鼓，这里指战事。

赏析

安史之乱爆发前夕，各地战事不断，诗人颠沛流离，后乘舟返回家乡途中作此诗。这首诗描述了诗人浪迹异乡、回到家乡前的所见所闻，针对流浪生活中的一个细小片段来写战乱下的民生。

诗人为躲避战乱远离家乡，如今正在回乡的途中，江上的雾正在慢慢散开，远远地仿佛能看到汉阳城了，大约只需要一天就能回到家乡了。客船今夜在鄂州停泊过夜。因为客商白天一直在睡觉，诗人知道船外风平浪静，晚上听到客商与船夫谈话又得知江水在涨潮，诗人整日整夜无眠，秋意浓、白发生、归心切，心中事只能对着明月倾诉。家乡的旧业早就消散在战火中了，如今耳边仿佛还能听到战鼓声。

诗人离乡、思乡，无处安身，战乱中又有哪里能安身呢？个人的命运与国家的命运都充满不确定性。全诗语言平淡，但愁绪浓烈，韵味无穷，引人共鸣。

李益

李益（约750—约830年），字君虞，祖籍陇西姑臧（今甘肃武威），唐代诗人。李益仕途之路并不顺利，后弃官漫游燕赵。李益作有闺怨诗、边塞诗等，以边塞诗最为擅长，尤其擅长七言绝句，诗风哀怨伤感。

夜上受降城①闻笛

李益

回乐烽②前沙似雪,受降城外月如霜。

不知何处吹芦管③,一夜征人④尽望乡。

注释

① 受降城:武则天时期,在黄河以北建东、西、中三座受降城以防御突厥侵扰,这里指中受降城。
② 回乐烽:烽火台名。
③ 芦管:中国传统乐器,多用于军中或民间。
④ 征人:出征在外的将士们。

赏析

在一个月色凄清的夜晚,诗人在受降城听到芦笛声,记录下了当时的边关场景。

诗的前两句写景,后两句写人。边关月夜凄凉,在烽火台前,白沙似雪,城外明月皎洁,冷白如霜。在这样静谧而又寒冷的边关月夜中,不知从哪里传来了吹奏芦管的声音,是家乡的曲调萦绕在边关将士们的耳畔,这一夜,将士们都在痴痴地望着家乡的方向,思乡之情炙热、浓烈,溢于言表。

"一夜征人尽望乡"一句,描绘出一个个边关将士在月夜望乡的悲壮凄切的画面,伴着阵阵芦笛声,以声入境,读者似乎能看到将士们饱经风霜的脸庞,他们正翘首遥望着故乡的方向,眼中饱含泪水,不知何时是归期,画面感十分强烈,令人心生哀愁和敬意。

孟郊

孟郊（751—814年），字东野，别称贞曜先生、诗囚，湖州武康（今浙江湖州境内）人，唐代诗人、官员。孟郊入仕艰辛，四十六岁才中进士，官场生活亦抑郁不得志，晚年生活较困苦。孟郊的诗多感慨自身遭遇，基调沉郁伤感，与贾岛同为苦吟诗人，故苏轼将孟郊与贾岛合称"郊寒岛瘦"。

游子①吟②

孟郊

慈母手中线，游子身上衣。

临行密密缝，意恐③迟迟归。

谁言寸草心④，报得三春晖⑤？

> **注释**

① 游子：离乡远游、漂泊的人，这里指诗人自己。
② 吟：诗体名称。
③ 意恐：担心。
④ 寸草心：小草的嫩芽，这里指子女对父母的感恩之心。
⑤ 三春晖：古时将春天的三个月称为孟春、仲春、季春，泛指春天的阳光，这里指父母对子女的爱。

赏析

　　这是一首歌颂母爱的诗，诗人抓取"手中线""身上衣""密密缝"等具体化的事物，聚焦一幕温馨的日常生活场景，描绘了母亲对孩子具象化的爱。

　　该诗从一个生活细节入手开始描述：游子将要远游，慈祥的母亲正在为孩子缝补衣服，一针一线缝得严严密密，生怕孩子在外受冻着凉，又担心孩子此去很久才能归来。诗人感慨"谁言寸草心，报得三春晖"，母爱是那么温暖、博大，像春晖照耀大地，子女的寸草之心是无论如何也报答不了这伟大的母爱的。言辞之间，充满感恩之情。

　　本诗语言质朴，生动地展现了母亲对孩子的爱都藏在细节里，细节越小，越彰显出母爱的无微不至和伟大。古往今来，这首诗一直被人们反复吟诵，用以表达对温暖如春、深厚无私的母爱的歌颂。

登科①后

孟郊

昔日龌龊②不足夸③,今朝放荡④思无涯⑤。

春风⑥得意马蹄疾,一日看尽长安花。

注释

① 登科:这里指诗人孟郊登进士科及第。

② 龌龊:不如意。

③ 不足夸:不值得提起。

④ 放荡:自由自在、无拘无束的样子。

⑤ 思无涯:兴致高涨。

⑥ 春风:在春风中。

赏析

唐贞元十二年（796年），四十六岁的孟郊终于进士及第，他兴奋不已，遂写下这首诗记录自己登科后的心情和御街打马（新科进士骑高头大马，由状元领衔，组成队列游长安街，接受百姓的祝贺）的事情。

首二句写今昔对比，十年寒窗苦读、郁郁不得志的日子一去不返，不值得再提起了，因为诗人终于进士及第、金榜题名，如今苦尽甘来，兴致高涨难减。

末二句写登科后游赏长安街的场景。诗人在这放榜的春日里，心情欢畅，迎着春风纵马驰骋，一日之间走遍长安城内外，几乎赏遍京城名花。

古代科考并不容易，十几年甚至几十年寒窗苦读，才有可能金榜题名实现入仕心愿，科考入仕是多少寒门子弟的夙愿，孟郊的"春风得意"不仅仅是及第的得意，更是对未来将有一番作为的美好畅想。"春风得意马蹄疾，一日看尽长安花"激励着古往今来的学子砥砺前行，成为千古名句。

常建

常建（708—765年），一般认为是长安（今陕西西安）人，唐代诗人。常建与王昌龄为同榜进士，但仕途不得意而选择漫游、隐居，遍赏山水名胜。其诗多为山水田园诗，诗风清丽自然、意境深远，风格接近王维、孟浩然。

题破山寺①后禅院

常建

清晨入古寺,初日照高林。

曲径通幽处,禅房花木深。

山光悦②鸟性,潭影空③人心。

万籁④此都寂,惟闻钟磬⑤音。

注释

① 破山寺:即兴福寺,位于今江苏常熟市。
② 悦:使……高兴。
③ 空:使……空。
④ 万籁:自然界的各种声音。
⑤ 钟磬:寺庙中用于号召众僧集合的法器。

赏析

　　这首诗是诗人游山玩水、寄情山水之作。

　　首二句交代时间与地点。清晨，诗人走进深山古寺，旭日东升，阳光照耀在树林上，祥和安静。

　　次二句写入寺路上所见。诗人穿过弯弯曲曲的山间小路，一直向幽深处走去，寺院禅房前花木茂盛，落英缤纷。

　　末四句写诗人的心情。山中阳光明媚，令鸟儿欢悦，潭水清澈，使人心定神闲。此时此刻，诗人已经完全沉浸在大自然中了，周围听不见一点声音，只能听见远处传来悠悠的钟磬声。

　　这首诗动静结合，描写出了山寺优美寂静的环境，引人入胜，意境空灵，表现出诗人对山水的热爱和隐逸情趣。

薛涛

薛涛（768—832年），字洪度，长安（今陕西西安）人，唐代诗人、歌伎、清客。薛涛出身官宦之家，后随父仕宦入蜀，十五岁时诗名远传，父亲病逝后入乐籍谋生，为韦皋、武元衡赏识，以典校藏书的"女校书"之名扬名，后脱乐籍，悠闲吟咏。其发明的"薛涛笺"在唐代风靡一时。薛涛的诗作清丽雅正，往往托物言志，构思奇巧，著有《锦江集》，与李冶、刘采春、鱼玄机并称"唐朝四大女诗人"。

送友人

薛涛

水国①蒹葭②夜有霜,月寒山色共苍苍③。

谁言千里自今夕,离梦杳④如关塞长。

注释

① 水国:这里指水乡。
② 蒹葭:水草名,出自《诗经》中的"蒹葭苍苍,白露为霜。所谓伊人,在水一方"之句,这里指远在异乡的友人。
③ 苍苍:深青色。
④ 杳:无影无声。

赏析

在这首诗中,诗人细致地描绘了面对友人离别时的复杂心情。

首二句寓情于景。在水乡与友人告别,夜色清冷,月辉清寒,山色苍茫,月色、山色浑然一体,送别的环境凄凉,渲染了离别的凄凉氛围。

第三句是诗人的自我安慰。谁说与友人的千里之别从今夜就开始了呢?言外之意是哪怕相隔千里,只要彼此惦念,就如同没分别一样,蕴含"天涯若比邻"之意。

第四句是写离别的惆怅。诗人在自我安慰后又陷入伤心的情绪,朋友终究是再难相见了,离别后,相逢的梦不知能不能快快到来,感觉它像关塞那样遥远。

全诗篇幅短小,但意蕴悠长,既伤离别,又自我慰勉,情感曲折含蓄,耐人寻味。

韩愈

韩愈（768—824年），字退之，世称韩昌黎、昌黎先生、韩文公，河南河阳（今河南孟州）人，一说怀州修武（今河南修武）人，唐朝文学家、教育家、哲学家、政治家。韩愈出身官宦之家，但三岁而孤，随兄嫂生活，自幼苦读，二十五岁进士及第，仕途大起大落，曾官至宰相。韩愈是古文运动的倡导者，其文气势雄伟、逻辑清晰，其诗风格多样，多意境广阔，好议论、"以文为诗"，诗文造诣极高，被尊为"唐宋八大家"之首。

早春呈水部张十八员外[①]二首·其一

韩愈

天街[②]小雨润如酥[③]，草色遥看近却无。

最是一年春好处[④]，绝胜烟柳满皇都[⑤]。

> **注释**

① 水部张十八员外：指诗人张籍，张籍在同族兄弟中排行第十八，曾任水部员外郎，故称。
② 天街：指长安城的街道。
③ 润如酥：酥指动物油脂，这里形容雨水细滑润泽。
④ 处：时节。
⑤ 皇都：这里指帝都长安。

赏析

　　这首诗是韩愈创作的组诗二首中的一首,第一首写长安城的迷人春色,第二首劝说张籍出门游春。结合第二首中"莫道官忙身老大,即无年少逐春心"的诗句来看,有一年的春天,韩愈约张籍春游,张籍以自己事务太多、年纪太大为由推脱,韩愈遂作本诗写春日美景,以激发张籍的春游兴致。

　　诗的首二句选取了早春独有的景物春草、春雨,来写春天的勃勃生机和清新美好:京城的大街上小雨纷纷,细腻润泽的春雨打湿了地面,也让春日的小草更加嫩绿,不过小草刚萌发嫩芽,远看草色一片,近看草色稀疏。

　　在诗的末二句中,诗人感慨此时此刻正是游春的最好时节,早春的美景远远胜过暮春时的满城绿柳。希望朋友张籍能把握时机,一同出游。

　　这首诗在叙述角度上,有远景,有近景,有当下之景,有未来之景,景色平淡但传神,刻画细腻,富有自然之趣。

左迁①至蓝关②示侄孙湘③

韩愈

一封朝奏九重天④,夕贬潮州路八千⑤。

欲为圣明除弊事⑥,肯将衰朽惜残年!

云横秦岭家何在?雪拥蓝关马不前。

知汝远来应有意⑦,好收吾骨瘴江边⑧。

注释

① 左迁:降职,指诗人被贬官至潮州(今广东省潮州市)。
② 蓝关:蓝田关,在今陕西省蓝田县东南。
③ 湘:韩愈的侄子韩老成的长子。
④ 九重天:这里指朝廷。
⑤ 路八千:这里指路途遥远,并非确数。

⑥ 弊事：政治弊端，指谏言迎佛骨之事。时逢唐宪宗派使者迎佛骨，韩愈上表劝谏，直言供奉佛骨实在荒唐、东汉以来信佛的皇帝都短命，要求烧毁佛骨。宪宗大怒，先欲处死韩愈，后贬韩愈为潮州刺史。

⑦ 应有意：指韩愈此去凶多吉少。

⑧ 瘴江边：这里指潮州。

赏析

这首诗作于韩愈因反对皇帝迎佛骨被贬之后，当时韩愈左迁赴潮州任，走到蓝田时写下了这首诗。

诗的前四句叙述了事情的经过，并表明为君分忧的心志。诗中写道，早上将谏书递交到朝廷，晚上便收到被贬到遥远的潮州的消息，本来是想替皇帝清除有害的事情，不想因为吝惜余生而蹉跎度日，奈何结果并不如意。

诗的末四句写被贬的失意和前途未卜的愁苦。云横秦岭，家乡已经看不到在哪里了，雪盖蓝田，马儿停驻不前，此去凶多吉少，如果命丧潮州，希望侄孙能收敛自己的尸骨。

整首诗充满无奈、委屈、落魄及对未来命运的悲观情绪。即使被贬，即使推测命不久矣，诗人依然认为自己是"为圣明除弊事"，是在做正确的事情，可见韩愈老而弥坚、刚正不阿的性情。

晚春

韩愈

草树知春不久归①,百般红紫斗芳菲。

杨花②榆荚③无才思④,惟解⑤漫天作雪飞。

注释

① 归:这里指春天即将离去。
② 杨花:柳絮。
③ 榆荚:榆树的果实,即榆钱。
④ 才思:才情与能力。
⑤ 惟解:只知道。

赏析

这首诗描写了晚春景象,表达了惜春之情,寓理于景。

诗的前两句写晚春时节最后的繁盛之景。草木知道春天即将离去,更加奋力地开放万紫千红的花朵争奇斗艳,释放最后的美丽。

诗的后两句中的景物与前两句中的景物形成鲜明对比,柳絮、榆钱并没有什么特别的本领,不知争奇斗艳,只知满天飞舞。

对于诗中景物的理解的争议通常停留在后两句,有人认为,韩愈以柳树、榆树暗喻没有才情的人,劝诫学子不要虚度光阴;也有人认为,韩愈其实是欣赏像柳树、榆树一样,虽然没有才情却敢于表现自己志趣的后生,以示对他们的鼓励。无论是哪种理解,都有一定的道理,而本诗的妙处就在于此,将人生智慧和哲理融入自然景象,引人深思。

借景抒情、寓理于景是本诗的亮点,读者可以结合自己的理解去体会诗中的道理,从中汲取珍惜时光、勇于表现自我的力量,这正是本诗的魅力所在。

刘禹锡

刘禹锡（772—842年），字梦得，籍贯存有争议，自述"家本荥上，籍占洛阳"，唐代诗人、文学家、哲学家。刘禹锡诗文俱佳，有"诗豪"之称，与白居易合称"刘白"，与柳宗元情谊颇深，二人合称"刘柳"；与韦应物、白居易合称"三杰"。刘禹锡的代表诗作有《竹枝词》《乌衣巷》等，代表散文有《陋室铭》等，代表哲学作品有《天论》三篇。

酬①乐天②扬州初逢席上见赠③

刘禹锡

巴山楚水④凄凉地,二十三年弃置身⑤。

怀旧空吟闻笛赋⑥,到乡翻似烂柯人⑦。

沉舟侧畔千帆过,病树前头万木春。

今日听君歌一曲⑧,暂凭杯酒长精神。

注释

① 酬:答赠。
② 乐天:即白居易,字乐天。
③ 见赠:指白居易作诗送给诗人。
④ 巴山楚水:指四川、湖南、湖北一带,这里指诗人被贬之地。
⑤ 弃置身:指被抛弃贬谪的诗人自己。

⑥ 闻笛赋：西晋向秀经过好友故居，作《思旧赋》怀念好友，这里指诗人怀念王叔文、柳宗元等已故好友。
⑦ 烂柯人：西晋王质砍柴遇仙人下棋，观棋局后回村，手中斧柄（柯）已朽烂，百年时光已过。这里指诗人应诏还京后，人事全非，恍如隔世。
⑧ 歌一曲：指白居易赠刘禹锡的诗作《醉赠刘二十八使君》。

赏析

刘禹锡罢和州刺史，回归洛阳途中遇到白居易，白居易作《醉赠刘二十八使君》相赠，刘禹锡回赠此诗。

本诗前四句写贬谪困苦、世态变迁。刘禹锡被贬西南凄凉困苦之地近二十三年了，终于应诏还京，十分怀念自己的老朋友，但是久谪归来，许多好友已经故去，京城时局也已发生很大变化，人事全非。

本诗后四句一改悲痛情绪，虽然诗人自己如沉船、病树，已经年老，而所见却是千帆竞渡、万木争春的积极向上的景象，诗人听了朋友的诗作后，精神大振，重拾生活信心。其中"沉舟侧畔千帆过，病树前头万木春"于消沉景象中见勃勃生机，历来是人们所称颂的自勉和勉励他人的名句。

全诗抑扬顿挫、情感真挚，充满了豪放之情和乐观的精神，富含人生哲理，读来感染力极强。

乌衣巷①

刘禹锡

朱雀桥②边野草花,乌衣巷口夕阳斜。

旧时③王谢④堂前燕,飞入寻常百姓家。

注释

① 乌衣巷:金陵(今江苏南京)城内街名,是东晋名门望族王导、谢安两大家族的居住地,唐时成为废墟。
② 朱雀桥:横跨秦淮河的一座桥,距乌衣巷不远。
③ 旧时:指晋代。
④ 王谢:指晋代的王导、谢安两大家族。

［唐］ 李昭道（传）《明皇幸蜀图》

赏析

　　这是刘禹锡的怀古诗中的一首代表作，感叹了沧海桑田、世事多变。

　　诗的前两句写乌衣巷景色，以乌衣巷昔日的辉煌和今日的衰败之景，引发对世事变化的思考。从晋到唐，已经过了三百余年，朱雀桥边长满了野草，乌衣巷昔日的高大宅邸已经变成了废墟，在残阳余晖的照耀下更显得凄凉。

　　诗的后两句以"燕子"为历史的见证者，描写古今世事的变化。燕子虽然已经不是晋代的燕子，但燕子代代在王谢府邸筑巢，如今华丽的楼门已经破败不见了，燕子们也只好到周围寻常百姓家中去筑巢。

　　本诗词、律工整，"朱雀桥"对"乌衣巷"、"野草花"对"夕阳斜"、王谢故居对寻常民居，以静态的景物写出了时光流转的动态感。此外，诗人精选带有故事的景物，以景物入画，勾起人们脑海中对历史场景和人物的想象或再现，历史的岁月感跃然纸上。本诗乍读平淡，但言浅意深、构思绝妙。

秋词二首·其一

刘禹锡

自古逢秋悲寂寥①,我言秋日胜春朝②。
晴空一鹤排云上,便引诗情到碧霄③。

注释

① 悲寂寥:古代诗人多悲秋,写秋景时多渲染悲凉萧条气氛。
② 春朝:春天的早晨,这里指春天。
③ 碧霄:指蓝天。

赏析

中唐永贞革新失败后,顺宗退位,王叔文被赐死,刘禹锡被贬。这首诗正创作于刘禹锡被贬后。

自古以来,文人总是借助秋天伤怀,悲秋是古代文人写诗的主流情感基调,但在本诗中,刘禹锡一改悲秋基调,歌颂秋景要远远胜过春景。前两句将这种与众不同的想法点明之后,后两句紧跟着举例说明:秋天,秋高气爽,仙鹤拨云翱翔,带着诗人的诗情飞向遥远的天上去。

刘禹锡生性乐观豁达,虽然仕途不顺,屡遭贬谪,但始终能坚守初心,乐观积极,字里行间求新、求异,表现出豁达之情和洒脱心性。

竹枝词①二首·其一

刘禹锡

杨柳青青江水平,闻郎江上唱②歌声。

东边日出西边雨,道是无晴却有晴③。

注释

① 竹枝词:乐府曲名,多描写民风民俗和爱情。本诗模仿民歌曲调填词,是组诗中的一首。
② 唱:一作"踏"。
③ 晴:与"情"谐音。

赏析

这首诗表面上写江上天气变化，实则是一首表现爱情的诗。

首句写江上环境。江边杨柳青翠，江面上江水平静，整个画面是静态的，这时看景的少女内心也是平静的。

第二句以声入画，少女正在赏江景，突然听到岸边上有人在唱歌，歌声掀起了少女内心的涟漪。

第三句写天气变化。江面辽阔，东边还出着太阳，西边却渐渐沥沥下起了雨。少男少女的心也和这天气一样，还没有确定彼此的心意。

末句点破天气的本质，其实也是对少男少女们的心意的解析，"晴"与"情"谐音。虽然江上下着雨，但是天上却出着太阳，实际上应该是晴天。唱歌的少年对少女是"无情"还是"有情"呢？少女经过判断得出结论，一个"却"字，点明了情感的重点应该是"有情"。"道是无晴却有晴"如神来之笔，所传递出来的意境和情感都十分美妙，耐人寻味。

李端

李端（生卒年不详），字正已，自号"衡岳幽人"，赵州（今河北赵县）人。唐代诗人、官员。李端出身名门望族，曾师事诗僧皎然，进士及第后入仕，晚年辞官隐居。李端为"大历十才子"之一，其诗歌题材丰富，有应酬之作，也有写闺情的诗，在安史之乱期间还写过一些反映社会生活、表达爱国之心的写实作品。

听筝

李端

鸣筝金粟柱①,素手②玉房③前。

欲得周郎顾④,时时误拂弦。

注释

① 金粟柱:古代称桂为金粟,桂花木是制作古筝的一种重要材料。柱是定弦调音的短轴。金粟柱在这里是称赞古筝弦轴纤细而精美。
② 素手:指弹筝女子洁白纤细的手。
③ 房:筝上架弦的枕。
④ 周郎顾:三国时期的周瑜精通音乐,当乐师弹错时,会不由得转头看一下奏者,故人称"曲有误,周郎顾"。这里指弹筝的女子希望能得到心上人的关注。

赏析

　　李端是喜欢结交文人的唐代驸马郭暧（郭子仪幼子、唐代宗二女升平公主的丈夫）的座上宾，郭暧每有宴席必邀请李端赴宴。李端非常喜欢郭暧府上一名容貌好、擅弹筝的婢女镜儿，每次赴宴都忍不住多看几眼。一次宴席上，郭暧让李端以弹筝为题作诗助兴，允诺若宾客欢喜便将弹筝女赠予李端，李端遂作本诗。

　　本诗首二句写弹奏女子的行为，弹筝女子坐在精美的古筝前，洁白的手在古筝上轻轻拨弄着。

　　本诗末二句写弹筝女子的心理活动，借助"曲有误，周郎顾"的典故，描写弹奏女子故意按错琴弦，希望能得到心上人的指导，角度奇妙、情感含蓄。

　　毫无疑问，李端的这首诗风格典雅、富有情趣，赢得在场宾客的一致好评，郭暧也遵守承诺将弹筝的女子镜儿赠予李端，成就了一段良缘佳话。

白居易

　　白居易（772—846年），字乐天，号香山居士、醉吟先生，生于新郑（今河南新郑），唐代诗人、官员。白居易生于战乱时期，寒窗苦读，与诗人元稹同科及第，在诗歌上常与元稹相和，二人合称"元白"。入仕后的白居易为官清正，曾历任进士考官、翰林学士等要职，以刑部尚书致仕，晚年常与刘禹锡唱和，世人将二人合称"刘白"。白居易的诗歌题材广泛且高产，诗句通俗易懂，"老妪能解"。白居易写有大量反映社会现实的诗作，是一位心怀天下的"国民诗人"。

赋得[1]古原草送别

白居易

离离[2]原上草,一岁一枯荣。

野火烧不尽,春风吹又生。

远芳[3]侵古道,晴翠[4]接荒城。

又送王孙[5]去,萋萋[6]满别情。

注释

[1] 赋得:指定题目的诗作往往要加"赋得"二字。本诗为应考的练习作,故也加"赋得"。
[2] 离离:青草茂盛的样子。
[3] 远芳:指远处的草。
[4] 晴翠:太阳照在青草上所显示出的翠绿色。

⑤ 王孙：贵族子弟，这里指即将出门的友人。
⑥ 萋萋：指青草茂盛。

赏析

本诗为白居易的试帖诗，为命题诗作，题名"古原草送别"，围绕草与别情展开叙述。

首联写原野草木茂盛，年复一年，荣了枯，枯了荣，生生不息。

颔联为首联的延续，也是首联之后的点睛之笔。青草生命力旺盛，即使被野火焚烧茎叶，次年春天根须萌发，又重新覆盖原野。"烧不尽"与"吹又生"不仅对仗工整，也描绘出枯的壮烈与荣的蓬勃。

颈联转入别情的抒发，远处青草覆盖的古道、青翠的野草包围着的荒城，都是朋友将要去的地方，从草到别情的转换自然顺畅。

尾联点题，诗人在原野边送别友人，这漫山遍野的青草一望无际，承载了诗人与友人的离别之情，别离的愁怨具象化，像青草一样蔓延到整个原野，让人读后意犹未尽。

长恨歌

白居易

汉皇①重色思倾国,御宇②多年求不得。

杨家有女初长成,养在深闺人未识③。

天生丽质难自弃,一朝选在君王侧。

回眸一笑百媚生,六宫粉黛无颜色。

春寒赐浴华清池④,温泉水滑洗凝脂⑤。

侍儿⑥扶起娇无力,始是新承恩泽时。

云鬓花颜金步摇,芙蓉帐暖度春宵。

春宵苦短日高起,从此君王不早朝。

承欢侍宴无闲暇,春从春游夜专夜。

后宫佳丽三千人,三千宠爱在一身。

金屋⑦妆成娇侍夜,玉楼宴罢醉和春。

姊妹弟兄皆列土⑧,可怜光彩生门户。

遂令天下父母心，不重生男重生女。

骊宫高处入青云，仙乐风飘处处闻。

缓歌慢舞凝丝竹，尽日君王看不足。

渔阳鼙鼓⑨动地来，惊破《霓裳羽衣曲》。

九重城阙烟尘生，千乘万骑西南行。

翠华摇摇行复止，西出都门百余里。

六军不发无奈何，宛转蛾眉马前死⑩。

花钿委地无人收，翠翘金雀玉搔头。

君王掩面救不得，回看血泪相和流。

黄埃散漫风萧索，云栈萦纡登剑阁。

峨嵋山⑪下少人行，旌旗无光日色薄。

蜀江水碧蜀山青，圣主朝朝暮暮情。

行宫见月伤心色，夜雨闻铃肠断声。

天旋地转回龙驭⑫，到此踌躇不能去。

马嵬坡下泥土中，不见玉颜空死处⑬。

君臣相顾尽沾衣，东望都门信马归。

归来池苑皆依旧,太液芙蓉未央柳。

芙蓉如面柳如眉,对此如何不泪垂?

春风桃李花开夜,秋雨梧桐叶落时。

西宫南苑多秋草,落叶满阶红不扫。

梨园弟子⑭白发新,椒房阿监⑮青娥老。

夕殿萤飞思悄然,孤灯挑尽未成眠。

迟迟钟鼓初长夜,耿耿星河欲曙天。

鸳鸯瓦冷霜华重,翡翠衾寒谁与共?

悠悠生死别经年,魂魄不曾来入梦。

临邛道士鸿都客,能以精诚致魂魄。

为感君王辗转思,遂教方士殷勤觅。

排云驭气奔如电,升天入地求之遍。

上穷碧落下黄泉,两处茫茫皆不见。

忽闻海上有仙山,山在虚无缥缈间。

楼阁玲珑五云起,其中绰约⑯多仙子。

中有一人字太真⑰,雪肤花貌参差是。

金阙西厢叩玉扃,转教小玉报双成[18]。

闻道汉家天子使,九华帐里梦魂惊。

揽衣推枕起徘徊,珠箔银屏迤逦[19]开。

云鬓半偏新睡觉,花冠不整下堂来。

风吹仙袂飘摇举,犹似《霓裳羽衣舞》。

玉容寂寞泪阑干,梨花一枝春带雨。

含情凝睇谢君王,一别音容两渺茫。

昭阳殿[20]里恩爱绝,蓬莱宫[21]中日月长。

回头下望人寰处,不见长安见尘雾。

惟将旧物表深情,钿合金钗寄将去。

钗留一股合一扇,钗擘黄金合分钿。

但令心似金钿坚,天上人间会相见。

临别殷勤重寄词,词中有誓两心知。

七月七日长生殿[22],夜半无人私语时。

在天愿作比翼鸟[23],在地愿为连理枝。

天长地久有时尽,此恨绵绵无绝期。

［唐］ 周昉 《簪花仕女图》（局部一）

[唐] 周昉 《簪花仕女图》（局部二）

注释

① 汉皇：唐代常以汉写唐，这里以汉武帝刘彻指代唐玄宗李隆基。

② 御宇：统治天下。

③ 养在深闺人未识：杨玉环幼时养在叔父家，曾被封为寿王（唐玄宗第十八子李瑁）妃，后奉命出家为女道士，再还俗入宫。这里模糊了杨玉环的既往经历，是为避嫌而采取的隐晦说法。

④ 华清池：建于今陕西西安骊山脚下华清宫内的温泉。

⑤ 凝脂：形容肤白细腻。语出《诗经》："肤如凝脂"。

⑥ 侍儿：侍女、宫女。

⑦ 金屋：援引汉武帝金屋藏娇的典故。

⑧ 列土：指杨玉环的姐姐、父兄皆获得封赏。

⑨ 渔阳鼙鼓：指安史之乱。安禄山在范阳起兵反唐，这里称渔阳是引用了东汉彭宠在渔阳反汉的典故。

⑩ 宛转蛾眉马前死：指杨贵妃在马嵬坡被迫自缢。

⑪ 峨嵋山：唐玄宗奔逃入蜀，这里指蜀中高山。

⑫ 龙驭：皇帝的车驾，长安收复，时局好转，唐玄宗返回长安。

⑬ 不见玉颜空死处：唐玄宗密令改葬杨玉环，内官带回完好的香囊，唐玄宗看到香囊非常悲伤，命人画杨玉环画像，日日端详。

⑭ 梨园弟子：唐玄宗精通音律，建梨园教授坐部伎音律，"选坐部伎子弟三百，教于梨园"（《新唐书》），称为"梨园弟子"，这里指宫女。

⑮ 椒房阿监：后宫中的女官。

⑯ 绰约：形容体态优美柔弱。引自《庄子》："绰约如处子。"

⑰ 太真：杨贵妃奉命出家时，曾住太真宫，道号太真。

⑱ 小玉、双成：小玉为吴王夫差的女儿，双成为西王母的侍女董双成，这里指杨贵妃在仙山的侍女。

⑲ 迤逦：珠帘分开、挂起。

⑳ 昭阳：汉代宫殿，这里指唐朝宫殿。

㉑ 蓬莱宫：传说中蓬莱仙山上的宫殿，这里指杨贵妃在仙山的居所。

㉒ 长生殿：在骊山华清宫内，这里指唐宫中的寝宫。

㉓ 比翼鸟：雌雄并飞的鸟，每只鸟一只翅膀，合体方能飞行。比翼鸟与连理枝常用来比喻恩爱夫妻。

赏析

《长恨歌》是白居易叙事诗中的名篇。相传白居易与好友陈鸿、王质夫同游山寺，有感于唐玄宗、杨贵妃的爱情故事，写此长诗，陈鸿写传记，流传后世。白居易彻夜不眠一气呵成此作，很多人认为其中融入了白居易与初恋湘灵的懵懂爱情，所以才写得如此缠绵悱恻、曲折生动、浪漫感人。

本诗采用顺叙的叙述方式讲述了唐玄宗与杨贵妃的爱情故事，还原了唐玄宗与杨贵妃的爱情悲剧，同时在结合史实的基础上进行了富有浪漫主义色彩的想象。杨贵妃在诗中的经历是非常清晰的，从"杨家有女初长成"到"一朝选在君王侧",从"三千宠爱在一身"到"姊妹弟兄皆列土",从"渔阳鼙鼓动地来"到"宛转蛾眉马前死",从"一别音容两渺茫"到"此恨绵绵无绝期",在历史的洪流中,自古以来,懒政误国、红颜薄命,长相厮守与生离死别均戳人心扉,荡气回肠。

诗中有许多对杨贵妃个人形象的描写,用词华而不俗、凝练细腻。同时,诗中也有许多关于唐玄宗与杨贵妃心理活动的描写,相知与相守的欢愉、别离的肝肠寸断、相思的刻骨铭心等,通过一个个生活化的场景展现,情感自然流露而不着痕迹,语言婉转、韵律性强,涂歌邑诵,成就千古名篇。

白居易对唐玄宗、杨贵妃二人的爱情所持的态度和思考是复杂的、多层面的,既有歌颂、惋惜,也有反思。白居易没有避讳唐玄宗、杨贵妃之间的爱情与安史之乱、六军不发之间的联系,唐玄宗是爱情悲剧的制造者,也是爱情悲剧的承受者,这使得人们能站在个人、国家命运的双重角度去客观地看待唐玄宗与杨贵妃的爱情,在理解、同情二人感人爱情的同时,又能不局限于追求两厢厮守的感性层面,引出对爱情的更深层次的思考,这样的角度和立意在以往的爱情题材诗作中极少见到。

《长恨歌》的历史性、艺术性、启发性不仅在当时引起了强烈反响,也深深地影响了后世的文学、艺术创作。

琵琶行（并序）

白居易

元和十年，予左迁①九江郡司马。明年秋，送客湓浦口，闻舟中夜弹琵琶者，听其音，铮铮然有京都声。问其人，本长安倡女②，尝学琵琶于穆、曹二善才，年长色衰，委身为贾人妇。遂命酒③，使快弹数曲。曲罢悯然④。自叙少小时欢乐事，今漂沦憔悴，转徙于江湖间。予出官二年，恬然自安，感斯人言，是夕始觉有迁谪意。因为长句，歌以赠之，凡六百一十六言，命曰《琵琶行》。

浔阳江头夜送客，枫叶荻花秋瑟瑟⑤。

主人下马客在船，举酒欲饮无管弦。

醉不成欢惨将别，别时茫茫江浸月。

忽闻水上琵琶声，主人忘归客不发。

寻声暗问弹者谁？琵琶声停欲语迟。

移船相近邀相见，添酒回灯⑥重开宴。

千呼万唤始出来，犹抱琵琶半遮面。

转轴拨弦三两声,未成曲调先有情。

弦弦掩抑声声思,似诉平生不得志。

低眉信手续续弹,说尽心中无限事。

轻拢慢捻抹复挑⑦,初为《霓裳》后《六幺》⑧。

大弦嘈嘈如急雨,小弦切切如私语。

嘈嘈切切错杂弹,大珠小珠落玉盘。

间关⑨莺语花底滑,幽咽泉流冰下难。

冰泉冷涩弦凝绝,凝绝不通声暂歇。

别有幽愁暗恨生,此时无声胜有声。

银瓶乍破水浆迸,铁骑突出刀枪鸣。

曲终收拨当心画⑩,四弦一声如裂帛。

东船西舫悄无言,唯见江心秋月白。

沉吟放拨插弦中,整顿衣裳起敛容。

自言本是京城女,家在虾蟆陵下住。

十三学得琵琶成,名属教坊第一部。

曲罢曾教善才⑪服,妆成每被秋娘⑫妒。

五陵年少争缠头,一曲红绡不知数。

钿头云篦击节碎[13],血色罗裙翻酒污。

今年欢笑复明年,秋月春风等闲度。

弟走从军阿姨死,暮去朝来颜色故。

门前冷落鞍马稀,老大[14]嫁作商人妇。

商人重利轻别离,前月浮梁买茶去。

去来江口守空船,绕船月明江水寒。

夜深忽梦少年事,梦啼妆泪红阑干[15]。

我闻琵琶已叹息,又闻此语重唧唧[16]。

同是天涯沦落人,相逢何必曾相识!

我从去年辞帝京,谪居卧病浔阳城。

浔阳地僻无音乐,终岁不闻丝竹声。

住近湓江地低湿,黄芦苦竹绕宅生。

其间旦暮闻何物?杜鹃啼血猿哀鸣。

春江花朝秋月夜,往往取酒还独倾。

岂无山歌与村笛,呕哑嘲哳难为听[17]。

今夜闻君琵琶语[18],如听仙乐耳暂明[19]。

莫辞更坐弹一曲,为君翻作《琵琶行》。

感我此言良久立,却坐[20]促弦[21]弦转急。

凄凄不似向前声,满座重闻皆掩泣[22]。

座中泣下谁最多?江州司马青衫[23]湿。

注释

① 左迁:古代以右为尊,左迁指被贬谪、降职。

② 倡女:歌女。

③ 命酒:命身边的随从摆设好酒菜(款待琵琶女)。

④ 悯然:忧愁、哀怜的样子。

⑤ 瑟瑟:秋风吹动树木发出的声音。

⑥ 回灯:重新拨、剪蜡烛烛芯,使蜡烛更亮。

⑦ 拢、捻、抹、挑:弹奏琵琶的手法。

⑧ 《霓裳》《六幺》:歌舞曲名《霓裳羽衣曲》和《六幺》(又叫《乐世》《绿腰》等)。

⑨ 间关：鸟鸣声。

⑩ 当心画：用拨子划拨琵琶中部的四弦的弹奏手法。

⑪ 善才：这里指专业的琵琶演奏大师。

⑫ 秋娘：指歌舞伎。

⑬ 击节碎：指用钿头银篦等打节拍，打碎了也不在乎。

⑭ 老大：指年龄大。

⑮ 阑干：横斜散乱。

⑯ 唧唧：叹息。

⑰ 呕哑嘲哳难为听：形容声音嘈杂难以入耳听、不好听。

⑱ 琵琶语：琵琶声。

⑲ 耳暂明：形容听了好听的琵琶曲后耳朵清明。

⑳ 却坐：转身退回坐下。

㉑ 促弦：把琵琶弦拧紧。

㉒ 掩泣：掩面哭泣。

㉓ 青衫：唐朝为官级别不同，所穿官服的颜色也不同，白居易所任江州司马穿青色官服，故称青衫。

赏析

唐元和十年（815年），藩镇割据势力派刺客在长安城内当街刺杀朝廷命官，白居易力主缉查凶手，得罪权贵，被贬为江州司马。白居易在江州司马任上时，到浔阳江边送别友人，偶遇同病相怜的琵琶女，感怀颇深，写下这首长篇叙事诗。

"浔阳江头夜送客"二句至"千呼万唤始出来"二句，讲述诗人江边送客，偶遇琵琶女的经过。诗人到江边送别友人，偶然听到京城曲调，一时好奇，盛情邀约琵琶女，琵琶女"犹抱琵琶半遮面"，不仅仅是害羞，也暗含琵琶女遭遇凄惨、不愿与人诉说的苦楚。

"转轴拨弦三两声"二句至"夜深忽梦少年事"二句，描写琵琶女琴技的高超和悲惨的遭遇。琵琶女技法娴熟，《霓裳》和《六幺》名曲都能熟练弹奏，大弦浑宏如狂风骤雨、小弦轻柔如耳边私语，曲调婉转多变，如玉珠落盘，如泉水凝噎，如银瓶崩裂，如刀枪齐鸣，一曲终了，四下寂静，众人都被琵琶女的琴技深深折服。原来琵琶女曾是京城琴技高超的歌女，才貌双绝、逍遥自在，后来年长色衰，嫁给商人，在江舟上度日。

"我闻琵琶已叹息"二句至末句写诗人听完琵琶女乐曲和遭遇后的感受，琵琶女的遭遇一如现在官场失意的诗人，远离京城、被贬在外，心中苦闷却无处诉说，所以诗人才发出"同是天涯沦落人，相逢何必曾相识"的感慨，并且决定为琵琶女作一首《琵琶行》，听曲时不禁泪如雨下。诗人自言"泣最多"，并特意提及"青衫"，表达了自己遭贬谪的抑郁心情。

诗中对琵琶女琴技、遭遇的描写生动形象、扣人心弦，对宏观社会背景下个人命运的感慨引人共鸣，是一首具有较高艺术性、社会性的雅俗共赏之作。

卖炭翁[1]

白居易

卖炭翁,伐薪烧炭南山[2]中。

满面尘灰烟火色[3],两鬓苍苍十指黑。

卖炭得钱何所营[4]?身上衣裳口中食。

可怜身上衣正单,心忧炭贱愿天寒。

夜来城外一尺雪,晓驾炭车辗冰辙。

牛困人饥日已高,市[5]南门外泥中歇。

翩翩[6]两骑来是谁?黄衣使者白衫儿[7]。

手把文书口称敕,回车叱牛牵向北。

一车炭,千余斤[8],宫使驱将惜不得。

半匹红纱一丈绫,系向牛头充炭直[9]。

注释

① 卖炭翁：有题注："苦宫市也。"负责采购的太监到市场上以很少的钱换取物品，称宫市。实际上是公开掠夺百姓财物。
② 南山：长安城城南的山。
③ 烟火色：指烟火将脸熏黑。
④ 营：经营，这里指需求。
⑤ 市：长安城内带有围墙和门的商品交易场所。
⑥ 翩翩：这里指得意忘形。
⑦ 黄衣使者白衫儿：穿黄衣的太监和穿白衣的太监爪牙。
⑧ 千余斤：非实指，这里指车上炭很多。
⑨ 直：通"值"，价格。

赏析

　　白居易任谏官之职时，曾创作《新乐府》组诗以针砭时事，《卖炭翁》是其中的一首，主要揭露宫市行为，描写了一个辛苦伐柴烧炭、满鬓花白的老翁在市场门外卖炭时被抢掠的事情。

时值寒冬，老翁身着单衣，虽然被冻得很冷，但老翁仍希望天气再冷些，这样炭能卖个好价钱。天刚亮，老翁就赶着牛车来到集市，到了中午，牛困人饥，只能在泥泞中勉强歇歇脚，可见老翁生活艰辛。但采购的太监们却以皇帝的敕令为由，仅用半匹红纱和一丈绫就换走了老翁的一车炭，老翁虽然舍不得，但是苦于宫市毫无办法。老翁的艰辛劳作与太监的轻松掠夺构成鲜明反差，反映了当时社会的黑暗。

钱塘湖①春行

白居易

孤山寺北贾亭西，水面初平云脚低。

几处早莺②争暖树③，谁家新燕啄春泥。

乱花渐欲迷人眼，浅草才能没马蹄。

最爱湖东行不足，绿杨阴④里白沙堤⑤。

注释

① 钱塘湖：即西湖。
② 早莺：早春时节的黄鹂鸟。
③ 暖树：向阳的树，或树向阳的一面。
④ 阴：同"荫"。
⑤ 白沙堤：白居易在杭州任职时曾治水患、修筑白沙堤，后人为纪念白居易，将白沙堤称为白堤，现在的白堤并不是白居易所修筑的那一条，白居易所修筑的白堤已不存。

赏析

　　白居易在杭州任职时，常到西湖赏景，本诗算得上是白居易在早春时节的一次西湖漫游记。

　　诗人在西湖边散步，绕过孤山寺，走到贾亭西，一览西湖美景，湖水几乎涨到与岸齐平，远处白云低垂与湖面相接，黄鹂争相栖息在向阳的树冠上，春暖北归的燕子正在筑巢，地面野花朵朵，小草刚长到可以没过马蹄的高度，这大好的西湖春光令诗人流连忘返,白沙堤在杨柳树荫下延伸向远方。这样的西湖早春景色清新、充满生机,令人感到悠闲自在、怡然自得。

西湖美景历来是文人们笔下经常描绘的景象,白居易的这首诗带着几分慵懒、随意,三五好友,骑着马儿闲庭信步,从西湖的这一边走到那一边,始终"行不足",一步一景,怎么走都看不够,让人意犹未尽。自然美景能激发诗人的创作兴致,诗则为美景增添了几分雅韵,而这首诗正是歌咏西湖美景的代表作之一。

暮①江吟

白居易

一道残阳②铺水中,半江瑟瑟③半江红。
可怜④九月初三夜,露似真珠⑤月似弓。

注释

① 暮：黄昏。
② 残阳：夕阳。
③ 瑟瑟：原指碧绿色的宝石，这里指江水呈现出碧绿色。
④ 可怜：可爱。
⑤ 真珠：珍珠。

赏析

　　唐朝中晚期，朝廷内部党争激烈，白居易无意参与党争，想远离政治旋涡，于是自请外任，在赴杭州任刺史的途中，看到夕阳下的长江美景，写下了这首诗。

　　首二句写江景。夕阳西沉，落日的余晖铺在江面上，这本是再普通不过的自然景观，但诗人却发现了令人震撼的绝美江景，江水余晖未落的地方呈现出碧绿色，铺满余晖的江面则呈现出火红色，两种不同的江水颜色都让江面熠熠生辉，两种颜色同处一个画面中更是绝妙。

末二句写月夜。诗人欣赏迷人的江景一直到月亮升起,江景美不胜收,月色也十分迷人,诗人不禁感慨今夜月色真是惹人怜爱,月光照耀着的露珠晶莹剔透,像珍珠一样,月牙高悬夜幕之中,似一把弯弯的弓,字里行间充满对迷人景致的喜爱之情。

从日暮到月夜,诗人一直沉醉在大自然的美景中,虽然离京外任,但远离党争,诗人的心情十分放松,所以才有心情去欣赏这美好的大自然景象。这样的诗作固然包含了特定背景下的审美心理,但是诗人笔下色彩绚丽的江景和惹人怜爱的月夜确实是难得一见的自然美景,很难不令人心动。

柳宗元

柳宗元（773—819年），字子厚，河东解县（今山西运城）人，世称柳河东、河东先生、柳柳州、柳愚溪，唐代诗人、散文家、文学家、哲学家、官员。柳宗元少年成才，诗文俱佳，存世诗文600余篇，题材有诗歌、辞赋、散文、寓言，在唐代文坛具有重要的地位，是"唐宋八大家"之一。其曾与韩愈一起倡导古文运动，与韩愈合称"韩柳"，与刘禹锡在诗文方面相互欣赏，二人合称"刘柳"。

江雪

柳宗元

千山鸟飞绝①,万径②人踪③灭。

孤舟蓑笠④翁,独钓寒江雪。

注释

① 绝:没有。
② 万径:这里指目之所及的各条道路。
③ 人踪:人的脚印。
④ 蓑笠:蓑衣和斗笠。古代用竹篾编成的防雨的衣服和帽子。

赏析

柳宗元谪居永州期间,由于官场失意、远离朝堂,内心孤苦抑郁,只得寄情于山水进行文学创作,此诗就是其中一首。

这首诗描绘了一个宏大的雪景下一个孤独的垂钓者,给人以孤寂之感。

诗的前两句写景。开篇以恢宏的视角描写了一望无际的绵绵雪山中,一只鸟也没有,无数条道路都被厚厚的雪覆盖了,没有一个人的脚印。"千山"与"万径"写景的辽阔,"绝"和"灭"写景的死寂。

诗的后两句写人。在一片白茫茫的世界中,有一个身披蓑笠的老翁坐在一叶孤舟之上正在垂钓。"孤"和"独"写出了老翁的寂寥,也写出了老翁的孤傲,他像一个世外高人一样,丝毫不在乎外界环境的空寂、恶劣,专心地做着自己的事情。这也是诗人被贬之后孤寂又不愿屈服的心理写照,堪称借景抒情的典范之作。

元稹

元稹（779—831年），字微之、威明，洛阳（今河南洛阳）人，唐朝诗人、文学家、小说家、官员。元稹诗名早著，性格外放，在散文、小说等方面也有较高的成就，其为官耿直，曾屡遭贬谪，后卒于任上。元稹与白居易为同榜进士，同为新乐府运动的创始人，且私交甚好，文采齐名，二人合称"元白"。

离思五首·其四

元稹

曾经①沧海难为②水,除却巫山③不是云。

取次④花丛⑤懒回顾,半缘修道半缘君⑥。

注释

① 经:经过。
② 难为:难以称为,形容不值一提。
③ 巫山:巫山的云,这里指妻子。
④ 取次:随意经过。
⑤ 花丛:这里指世间其他女子。
⑥ 君:指妻子韦丛。

赏析

元稹二十四岁登书判拔萃科入仕,任校书郎,不久,迎娶韦夏卿之女韦丛为妻。韦丛作为名门闺秀,嫁给元稹时年方二十,婚后孕育五子一女,长期辛苦操劳,积劳成疾,二十七岁时便不幸病逝。元稹思念妻子,作离思五首。

这首诗是元稹离思组诗中流传最广的一首。在诗中,诗人表示挚爱离去,眼中、心中再也容不下其他人,毫不掩饰对亡妻的赞美、思念。

首二句中,诗人将妻子比作沧海的水、巫山的云,看过如此美好的景色后,别处的水、别处的云都黯然失色,再不能令诗人心动。

末二句写诗人当下的状态,即使身处万花丛中,也懒得回望,诗人认为自己不再贪恋红尘,是因为修道和太思念亡妻的缘故。

本诗以物托情,巧用隐喻,对亡妻的思念和忠贞不渝的情感令人感动。

贾岛

贾岛(779—843年),字阆仙,范阳(今北京西南)人,唐代诗人。贾岛曾出家为僧,自号碣石山人,后还俗参加科考,屡次不中。他一生孤苦,诗风幽奇寒僻,人称"诗奴",与孟郊并称为"郊寒岛瘦"。

寻隐者①不遇

贾岛

松下问童子②,言③师采药去。

只在此山中,云深不知处④。

注释

① 隐者:隐居在山林中的人。此处指诗人想要寻访的人。
② 童子:指隐者门下弟子。
③ 言:回答,说。
④ 处:行踪。

赏析

诗僧贾岛曾前往深山拜访一位隐者,因隐者出门采药而不遇,遂作下此诗记录这段经历。

诗以问答开篇,诗人问童子,隐者此时为何不在家中,出门所为何事?童子回答说,师傅出门采药去了。

接着,诗人又问童子,你师傅在何处采药?诗中并未明写这一问,而是将其隐于童子的回答中:师傅就在这座山中采药。诗人接下来又有一问:此时你师傅在这座山的哪个位置?童子摇摇头,说这会儿云遮雾罩,我也不清楚师傅究竟在哪里。

这首诗语言精简凝练,却意味无穷,诗人想要寻访的隐者令读者产生无限的想象。

李贺

李贺(790—816年),字长吉,河南府福昌县昌谷乡(今河南省宜阳县)人。李贺是唐代中期著名诗人,与李白、李商隐并称"唐代三李"。其诗大多想象丰富、瑰丽,兼具凄冷、奇崛、冷艳的风格,在唐代诗坛上独树一帜,故后人又称其为"鬼才""诗鬼"。

李凭①箜篌引

李贺

吴丝蜀桐张高秋,空山凝云颓不流。

江娥啼竹素女愁,李凭中国②弹箜篌。

昆山玉碎凤凰叫,芙蓉泣露香兰笑。

十二门③前融冷光,二十三丝④动紫皇。

女娲炼石补天处,石破天惊逗⑤秋雨。

梦入神山教神妪,老鱼跳波瘦蛟舞。

吴质⑥不眠倚桂树,露脚斜飞湿寒兔。

注释

① 李凭:唐时宫廷乐师,乐技高超,红极一时。
② 中国:此处指京城。
③ 十二门:长安城的十二道门。

④ 二十三丝：箜篌的二十三根弦。
⑤ 逗：引。
⑥ 吴质：指吴刚。传说中住在月亮里的仙人。

赏析

李贺在此诗中盛赞唐朝红极一时的宫廷乐人李凭弹奏箜篌时的美妙乐音，语言瑰丽，想象丰富，是流传至今的经典名篇。

诗前四句描写李凭在深秋的夜晚弹奏起箜篌，顿时，天地万物都凝神屏息，为那美妙的乐音所感动。"凝云""江娥""素女"等皆为诗人的想象，亦真亦幻，令读者不自禁地对箜篌乐声产生好奇与联想。

五、六句写道，那乐声清脆、悦耳，仿佛昆仑山美玉碎裂的声音，又似凤凰的啼鸣；芙蓉、香兰似乎都被这乐声感染，时而哭泣，时而欢笑。

最后八句继续烘托箜篌乐声的神奇魅力。乐音飘荡在长安城里，听者无不为之心神荡漾，连云中的天帝也对这乐声着迷不已。美妙的乐声时而高亢入云，时而低沉密集，仿若秋雨绵绵降临大地；神山中的女仙、水中的老鱼和瘦蛟、月亮中的仙人、月中桂树下的兔子都被这箜篌之声打动，听得如痴如醉。

这首诗通篇弥漫着浪漫的幻想，极具艺术感染力，明代文人郭濬曾评价道："幽玄神怪，至此而极，妙在写出声音情态。"

杜牧

杜牧（803—852年），字牧之，京兆万年（今陕西省西安市）人，唐代文学家、诗人。杜牧为高官之后，唐大和年间高中进士，后担任淮南节度使掌书记、监察御史、司勋员外郎等职。晚年时居住在樊川别舍，自号樊川居士。其善诗文，文采斐然，生动绮丽，极具感染力，与李商隐并称"小李杜"。

赤壁①

杜牧

折戟②沉沙铁未销,自将③磨洗认前朝。

东风不与周郎④便,铜雀⑤春深锁二乔。

注释

① 赤壁:今湖北赤壁市境内。传说为三国时期赤壁之战的发生地。
② 折戟:折断了的戟。戟,中国古代特有的一种兵器。
③ 将:拿起。
④ 周郎:指周瑜。
⑤ 铜雀:即铜雀台。东汉末年,曹操曾下令营建"邺三台",铜雀台即"邺三台"之一。

赏析

杜牧在经过赤壁这一古战场时百感交集,作下这一经典诗作怀古感今。

诗开篇描述道,诗人漫步在古战场上,突然发现一截折断了的战戟半埋在泥沙中,他捡起战戟,将它一番清洗后,认出是前朝遗物。这两句诗以一截锈迹斑斑的战戟引出一段风云变幻的历史,引发读者无限的联想。

诗后二句为人们广为传诵的名句,诗人感慨道,倘若当年在赤壁之战中,孙刘联军没有成功借来东风的话,曹军就会获胜,那么东吴二乔一定会被锁在曹操所建的铜雀台不得逃脱了。

这首七言绝句以小见大,精妙无比,实为怀古咏史之佳作。

泊秦淮①

杜牧

烟笼寒水月笼沙,夜泊②秦淮近酒家。

商女③不知亡国恨,隔江犹唱后庭花④。

注释

① 秦淮：指秦淮河。
② 泊：停泊。
③ 商女：卖唱的歌女。
④ 后庭花：指南朝陈末代皇帝陈后主所作的《玉树后庭花》，后人常用此曲名比喻亡国之音。

赏析

　　唐时，秦淮河从建康（今南京）城中流过，每当夜幕降临，秦淮河两岸的空气中总是洋溢着酒香、飘扬着靡靡之音。诗人某次夜泊秦淮，见眼前奢靡之景，想起大唐朝政的黑暗、腐朽，不由感慨丛生，作下此诗抨击世人的麻木与当权者的荒淫、无能。

　　诗的前两句描写了江边夜色。某日夜里，诗人乘坐的客船行驶在秦淮河中，只见月色迷离，水面泛起淡淡的寒烟，夜越来越深，客船缓缓停泊在岸边，诗人抬眼一看，岸上的酒家热闹非凡，达官贵族们听着歌女的演唱，不时高声叫好。

三、四句中,诗人感慨万千,酒肆中的歌女和这些寻欢作乐的官僚贵族哪里懂得什么叫亡国之恨,他们唱着、听着这亡国之音居然还如此开心、投入。诗人心中涌上无限悲痛,大唐昔日瑰丽灿烂的盛世景象一去不复返,此时国运每况愈下,可这些官僚贵族沉醉在纸醉金迷的生活里,堪称尸位素餐、恬不知耻。

这首诗寄寓着诗人对大唐未来的担忧,给人以意味深长之感。

山行

杜牧

远上寒山①石径②斜,白云生处有人家。
停车坐③爱枫林晚④,霜叶红于二月花。

注释

① 寒山:秋季的山峰。

② 石径：用石子铺成的小径。
③ 坐：因为。
④ 枫林晚：日暮时分的枫树林。

赏析

  这是一首写景诗，诗人通过一次秋游的见闻，描绘出一幅层次鲜明、主从相衬的生动画卷。

  诗的前两句为远景，诗人的视野沿着山上的石径一路延伸，目光所及，是掩映在云气之中的人家。其中，"寒山"既写出了诗人出游的季节，又描述出诗人对眼前景物的感受，"斜"说明了诗人的视觉角度。

  后两句为近景，寥寥几个字，并不足以概括枫林之美，诗人于是以二月的花朵作为参照，给读者留下巨大的想象空间。

  全诗涉及的景物包括山上的小路、白云、人家，以及山上的枫叶，有远有近，有主有从，所有景致并非毫无秩序地堆积，而是富有层次、相互衬托，是动态且富有生机的。

清明①

杜牧

清明时节雨纷纷②,路上行人欲断魂。

借问③酒家何处有?牧童遥指杏花村。

> 注释

① 清明:二十四节气之一。
② 纷纷:形容阴雨连绵不断的样子。
③ 借问:请问。

赏析

本诗作于唐武宗会昌年间,系杜牧出任池州刺史期间所作。

首句为脍炙人口、家喻户晓的名句。诗人用"纷纷"来形容雨势,勾勒出一幅春雨蒙蒙、凄迷寂寞的画境。紧接雨景的,是对路上行人的描绘,诗人在第二句中,用了"断魂"一词,强烈地表现出一种惆怅失意的情绪和心境,实际上又是借描述行人淋雨时的狼狈,来表达自己郁闷的心情。

春寒料峭,细雨湿衣,诗人的愁绪无从排遣,于是想到了避雨和饮酒,便有了第三句的问路。而第四句牧童的回答也颇具深意,句中诗人用了"遥指"一词,并未见到任何口头回答,却更加生动,传达出一种动态的美感,而这个"遥"字用法精妙,令人摸不清"酒家"的实际距离,从而产生丰富的联想,这正是本诗余韵邈然、耐人寻味的地方。

本诗语言生动清新,意境十足,是传诵千古的名篇。

温庭筠

温庭筠（约812—约870年），字飞卿，太原祁（今山西祁县）人，晚唐诗人、词人。温庭筠自幼文思敏捷，聪慧过人，但其怀才不遇，科考、仕进之路皆颇多坎坷。温庭筠精通音律，善作诗词，其诗精致华丽，与李商隐并称"温李"，其词纤巧细腻，属"花间派"词人中的佼佼者，与韦庄并称"温韦"。

商山早行

温庭筠

晨起动征铎①，客行悲故乡。

鸡声茅店月，人迹板桥霜。

槲②叶落山路，枳③花明驿墙。

因思杜陵梦，凫雁④满回塘。

注释

① 征铎：系在马脖子上的铃铛。
② 槲：植物名称，一种落叶乔木。
③ 枳：植物名称，一种落叶灌木或小乔木。
④ 凫雁：野鸭与大雁。

赏析

这是一首行旅诗，可能创作于温庭筠应好友招募，由长安奔赴襄阳途中。

诗作首句，由"晨起"表达出古时行人赶路的艰难，又以一个"悲"字为通篇情绪定调，直言旅人离乡的愁苦。第二句描写诗人眼前的景物，鸡鸣、茅草店、旅人的行迹，绘声绘色，尤其后半句，诗人写板桥上的落霜痕迹而终未见人，既写出了出行的季节，也写出了旅客早行的匆忙，宛如绘画留白，生动鲜活。第三句，诗人写路上的景色，落叶与新开的枳花对应，既有山野情趣，又有离乡愁思。最后一句，诗人写到了自己的家乡，用到"梦"字，与前景虚实交映，丰富了诗歌的意蕴。

描写早行之景，而又句句不离故乡愁思，旅途景色与诗人的心境相衬托，人远行、心回想，意景相连，是本诗的一大亮点。

李商隐

　　李商隐（约813—约858年），字义山，号玉谿生、樊南生，怀州河内（今河南沁阳）人，晚唐时期诗人、官员。李商隐幼年贫寒，后被文学家令狐楚慧眼识珠并亲自教导、提携，入仕后卷入牛李党争，屡遭排斥，流落各地多年。李商隐在诗歌方面多有佳作，古体、近体、五言、七言无一不精，其诗含蓄婉转、精工富丽，因此有"诗魂"的称号。与杜牧合称"小李杜"，与温庭筠合称"温李"。

夜雨寄北[①]

李商隐

君问归期未有期,巴山[②]夜雨涨秋池[③]。

何当[④]共剪西窗烛[⑤],却话[⑥]巴山夜雨时。

> 注释

① 寄北:写诗寄赠给北方的友人。诗人创作此诗时身在巴蜀地区,好友在长安,故称"寄北"。
② 巴山:今陕西与四川交界处的大巴山,这里指巴蜀地区。
③ 秋池:秋天的池塘。
④ 何当:何时,什么时候。
⑤ 剪西窗烛:蜡烛燃烧一段时间后,烛芯烧焦凝固会使烛光昏暗,剪去烧焦的一段烛芯,可让烛光更加明亮,这里指与友人彻夜秉烛长谈。
⑥ 却话:回头再说起。

赏析

李商隐身居巴蜀,思念亲友,亲友来信问候,李商隐以诗回复。

首句写诗人与亲友之间的问答,友人问诗人什么时候能回乡,诗人回答实在不知道什么时候能回去。

次句话锋一转,诗人并没有延续首句归期的话题,而是将目光移到了窗外的秋景上,窗外的大巴山夜色朦胧,秋雨下个不停,很快池塘的水就涨满了。这里以景色作"问归期"的回应,可见诗人的惆怅和毫无头绪,秋池涨满的雨水,何尝不是在形容诗人心中满满的愁绪呢?

第三句的叙述角度又一次转变,诗人跳出当下,写未来生活场景,叙事的时空发生了转换。诗人想象着未来的某一天,自己和友人相聚在一处,在类似今天的一个夜晚,秉烛长谈,多么欢乐。

第四句写在未来回忆现在,时空再次发生转换,未来和好友相聚时,一定会谈起今天这个雨夜,而未来的欢聚又衬托了今夜的诗人是多么孤独和思念亲友。

全诗短短四句,场景一变再变,时空一转再转,不着痕迹地写出了诗人对友人的思念,以及对未来相聚的期盼,叙述角度和方法新颖别致,令人称赞。

锦瑟

李商隐

锦瑟①无端五十弦②,一弦一柱思华年。

庄生晓梦迷蝴蝶③,望帝春心托杜鹃④。

沧海月明珠有泪⑤,蓝田日暖玉生烟⑥。

此情可待成追忆,只是当时已惘然⑦。

注释

① 锦瑟:装饰华丽的瑟。瑟为我国传统拨弦乐器,有二十五根弦。

② 五十弦:这里故意如此说,似有"瑟弦"折断为两半之意。

③ 庄生晓梦迷蝴蝶:意指人生如梦,表示对美好年华逝去的遗憾。引用《庄子》中庄周梦蝶的典故:"庄周梦为蝴蝶,栩栩然蝴蝶也;自喻适志与!不知周也。"

④ 望帝春心托杜鹃：意指人生无常，因美好逝去而感到悲伤。引用古蜀国望帝化身杜鹃的传说，相传蜀王杜宇（望帝）亡国身死，化为杜鹃鸟（又名子规）时常悲啼。

⑤ 珠有泪：《博物志》中记载，南海有鲛人，眼泪能凝成珍珠。

⑥ 玉生烟：《搜神记》中记载，吴王夫差之女紫玉爱上贫家男子韩重，相思成疾而亡，后来魂魄化烟飘散而去。

⑦ 惘然：迷茫、失落。

赏析

这首诗是李商隐为亡妻写的一首悼亡诗，诗中表达了李商隐对妻子王氏的深深思念。

本诗以锦瑟起兴，首二句用华丽的瑟隐喻美好的年华，以弦断暗喻情断。诗人与妻子曾经美好的时光已经远去，诗人自己当下也步入晚年。第三、四、五、六句接连用典，庄周梦蝶，人生如梦；子规啼血，人生无常；鲛人泣珠、紫玉生烟，都是可望而不可即。诗人也正处于所有美好都在逝去的处境中，爱人已经离去，青春也已不在，美好的爱情和年华如今只能成为回忆，只叹自己当时身在幸福之中却没有好好珍惜。

光阴如梭，青春易逝，妻子已故，只剩思念，也只能思念，遗憾和无力感溢于言表，发人深思。

登乐游原[1]

李商隐

向晚[2]意不适[3],驱车登古原。

夕阳无限好,只是近黄昏。

注释

[1] 乐游原:唐代长安城内的一处高地。
[2] 向晚:傍晚。
[3] 不适:不快乐,不开心。

赏析

这首诗是诗人为了排解不快情绪登高赏景之时所作。

首二句点明登高赏景的时间、地点、心情。傍晚时分，诗人感到心情憋闷、不愉快，于是驾着马车到乐游原去登高赏景，希望排解心中的不快。

末二句是登高赏景后的感慨，"夕阳无限好"并没有具体地写夕阳照耀下的山水景色和长安城景色是如何壮丽，以"无限好"留给读者极大的想象空间。"只是"二字，表现了诗人的畅快情绪急转直下，从快乐转为忧伤，并以"近黄昏"点出忧伤的原因。大好山河美景虽美，可惜的是黄昏短暂，夕阳余晖的光芒转瞬即逝，霞光笼罩的山水、古城也即将褪去耀眼的光彩，美景很快就会消逝，实在让人觉得遗憾。这里有对美景将逝的惋惜，也可引申为诗人对个人年华易逝、国运直下的感慨。

全诗语言直白无赘述，抒情直接无迂回，是李商隐诗歌中极为通俗易懂而又充满哲思的一首诗。诗中经典诗句"夕阳无限好，只是近黄昏"也常被后人吟诵。

无题·相见时难别亦难

李商隐

相见时难别亦难，东风①无力百花残②。

春蚕到死丝③方尽，蜡炬成灰泪④始干。

晓镜⑤但愁云鬓改，夜吟应觉月光寒。

蓬山⑥此去无多路，青鸟⑦殷勤⑧为探看。

注释

① 东风：春风。
② 残：残败、凋零。
③ 丝：与"思"谐音，这里指相思。
④ 泪：蜡烛燃烧融化的油，这里指思念的眼泪。
⑤ 镜：照镜子。

⑥ 蓬山：神话传说中的蓬莱仙山。
⑦ 青鸟：神话传说中西王母的信使。
⑧ 殷勤：辛勤、恳切。

赏析

关于本诗的创作意图，历来有争议。有人认为，本诗以爱情为主题，重写离愁，是李商隐写给昔日恋人的诗作。也有人认为，李商隐仕途失意，备受猜忌，是写给故友令狐绹的陈情之作。这里不讲创作缘由，只说诗句的思想情感。

本诗开门见山地写明了"相见难"的事实，诗人心情抑郁，所见之景也是残败景象。接下来托物抒情，以春蚕之丝、蜡烛之泪，写诗人绵绵不绝的思念和哀伤；再以晨起忧伤、夜不能寐，写时光流逝、处境凄凉，从"但愁云鬓改""应觉月光寒"这样的细节表现出情感的真挚和深厚。

诗人的思念浓郁，但是相思的目的地遥远、相思的人不能相见，这样的思念不为人知，只能拜托虚幻的青鸟代为通信、传递思念。诗人当下的境遇并不好，而且这样的境遇因"无多路"而暂时无法改变，这就意味着诗人无法纾解的思念和愁绪还会继续，这种无处诉说和无法言语的相思，实在令人心碎。

韦庄

韦庄（约836—910年），字端己，长安（今陕西西安）人，唐末诗人、词人、官员。韦庄出身名门，幼年父早亡，少孤贫，身处乱世，生活困苦，飘零半生，但一直不曾荒废学业，年近六十登进士第，以校书郎入仕。韦庄是"花间词人"的代表人物，其诗词多写离愁与游乐生活，在一定程度上反映了唐末文人的生存状况。韦庄的诗词代表作主要有《金陵图》《秦妇吟》《菩萨蛮》《浣溪沙》等。

金陵①图

韦庄

谁谓伤心画不成？画人心逐②世人情③。

君看六幅南朝④事，老木⑤寒云满故城⑥。

注释

① 金陵：今南京市。
② 逐：追随，这里有迎合的意思。
③ 世人情：人情世故，这里指当权者的心思。
④ 南朝：指宋、齐、梁、陈、东吴、东晋六朝，这六朝均以金陵（南京）为都城。
⑤ 老木：枯老的树木。
⑥ 故城：指金陵（南京）城。

赏析

诗人韦庄在观看一组六幅关于金陵城的画作时，联想到金陵为六朝古都，同时发出对王朝兴衰的感慨，遂创作此诗。

首二句以反驳的语态回应了唐代诗人高蟾的《金陵晚望》一诗中的诗句"世间无限丹青手，一片伤心画不成"。高蟾将社会衰败的景象和王朝灭亡的危机比喻为"一片伤心"，并认为这"伤心"是画不出来的。韦庄则认为，"伤心"是可以画出来的，只不过以往的画师们都一味地迎合当权者渴望天下太平的心态，并不画王朝衰败之景罢了。

末二句是对前两句观点的进一步论证，也是对面前六幅金陵图景内容的描述。诗人以面前的金陵图来举例支持自己前面提出的反驳观点，这六幅画中所呈现出来的金陵城景，树木枯老，寒云密布，一片荒凉景象，昔日繁华的都城已经变成一座残败的老城了，丝毫不见当年的帝都风采。

本诗借古鉴今、借画鉴今，诗人并不像以往的画师那样为当权者粉饰太平、歌颂盛世，因为大唐盛世已不再，诗人对唐朝末年乱世景象感到忧愁，唐朝末年社会动荡不安，是不是也会像曾经的六朝一样走向灭亡呢？这正是诗人本诗所传递出来的感慨与警示。

秦韬玉

秦韬玉（生卒年不详），字仲明，长安（今陕西西安）人，唐代诗人、官员。秦韬玉生于尚武世家，好读书，有文采，但屡次科考落榜，后依附宦官入仕，又曾随僖宗入蜀，被特赐进士及第。秦韬玉擅长七言、歌吟，诗作构思奇巧、意境深远，艺术性较高，每有佳作必广为传诵。

贫女

秦韬玉

蓬门①未识绮罗②香,拟托良媒益③自伤。

谁爱风流高格调④,共怜⑤时世俭梳妆⑥。

敢将十指夸针巧,不把双眉斗画长。

苦恨年年压金线⑦,为他人作嫁衣裳。

注释

① 蓬门:用蓬草编成的门,指贫苦人家。
② 绮罗:华丽的丝织品。古代只有贵族大户才有钱购买。
③ 益:更加。
④ 风流高格调:指装饰华丽、品格高雅。
⑤ 怜:喜欢。
⑥ 时世俭梳妆:当下流行的装扮"俭妆"。
⑦ 压金线:指用华丽的线进行刺绣。

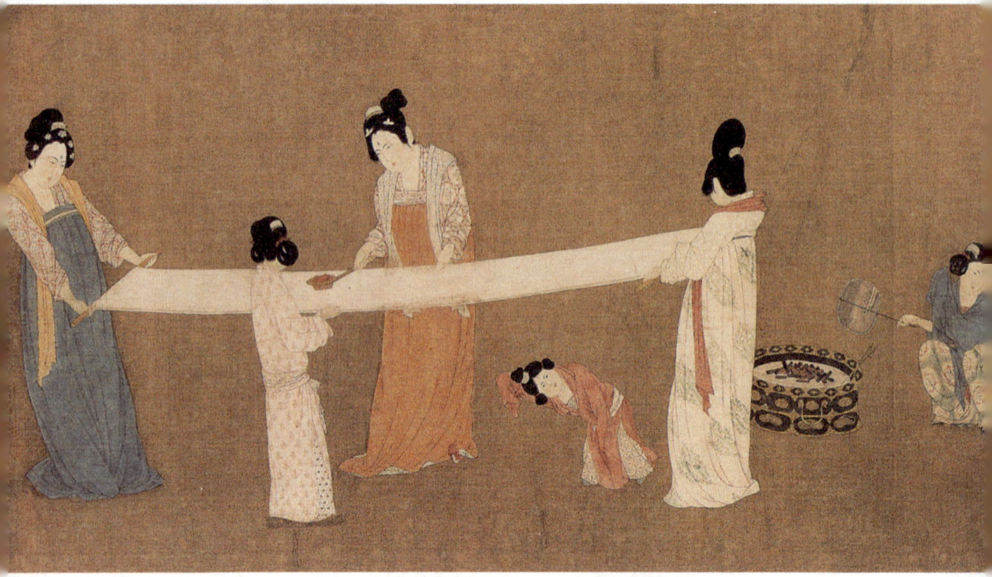

[唐] 张萱 《捣练图》（临摹本）

赏析

本诗以贫女的口吻抒怀,描绘了一个穷苦人家待嫁女不幸的身世,贫女想挣脱穷困境遇而不得的遭遇令人同情。

首联写贫女的闺中心思。贫苦人家的女儿不识得绮罗的芳香,想找个良媒说一段好姻缘,但一想到自己出身贫苦,不是高门大户子弟的良配,心中更加忧伤。

颔联写时下社会生活。人人都爱华丽装饰和高雅品格,人人都爱时下流行的俭妆,但贫女徒有羡慕却没有能力效仿。

颈联写贫女的自信与自卑。心灵手巧的贫女敢在人前夸自己针线活做得精美,却从不敢描眉装扮与他人争艳。

尾联写贫女的不幸。贫女一年又一年地缝制华丽的衣服,却没有一件是自己的,辛苦一生,都只能为他人做嫁衣。

贫女的不幸,正是由"贫"所导致的,而非其自身不努力。结合诗人的经历,其以贫女愁嫁暗喻自己入仕艰辛,以贫女出身寒门暗喻自己困居下僚,以贫女擅女工暗喻自己有才情,以贫女年年压金线暗喻自己年年不得志。无论是贫女还是贫士,形象都鲜明生动、深入人心,贫女和贫士的不幸,既是个人的不幸也是社会的不幸,发人深思。

参考文献

[1] 毕宝魁. 唐诗三百首译注评 [M]. 北京：现代出版社，2017.

[2] 丁敏翔，白雪，李倩. 唐诗鉴赏大全集（上）[M]. 北京：中国华侨出版社，2012.

[3] 顾学颉，周汝昌选注. 白居易诗选 [M]. 北京：人民文学出版社，2021.

[4] 喻守真. 唐诗三百首详析 [M]. 北京：人民文学出版社，2017.

[5] 黄鸣. 中华诗词名句鉴赏辞典 [M]. 武汉：崇文书局，2015.

[6] 乐云. 唐诗三百首鉴赏辞典 [M]. 武汉：崇文书局，2016.

[7] 刘学锴. 刘学锴讲唐诗（上）[M]. 郑州：中州古籍出版社，2020.

[8] 施树禄. 全唐诗赏析 [M]. 北京：中国言实出版社，2017.

[9] 说词解字辞书研究中心. 唐诗·宋词·元曲鉴赏 [M]. 北京：华语教学出版社，2018.

[10] 王一娟. 来自中古的苦乐爱恨：说乐府 [M]. 北京：中国大百科全书出版社，2011.

[11] 张国伟. 中国古典诗的探索历程 [M]. 石家庄：河北人民出版社，2007.

[12] 周娜. 唐诗宋词三百首 [M]. 北京：中国华侨出版社，2016.